MORBO

MORBO

JORDI SIERRA I FABRA

Editado por HarperCollins Ibérica, S.A.
Núñez de Balboa, 56
28001 Madrid

Morbo
© 2018, Jordi Sierra i Fabra
Autor representado por IMC Agencia Literaria
© 2018, para esta edición HarperCollins Ibérica, S.A.

Diseño de cubierta: Lookatcia.com
Imagen de cubierta: Getty Images

ISBN: 978-84-9139-329-0
Depósito legal: M-27911-2018

PRÓLOGO

La pareja estaba dentro del coche.

Ajena a todo entre el océano de sus besos.

A pocos metros, el río Llobregat fluía en silencio. La luna, en cuarto creciente, centelleaba sobre la corriente de aguas oscuras. Al ser de noche, no se apreciaba la coloración amarronada consecuencia de toda la suciedad que su caudal arrastraba hacia el mar.

A ellos les importaba poco todo lo que no fueran sus cuerpos, la avidez todavía no saciada. Volvían a estar excitados.

Y solos.

Solos, con el mundo al otro lado de sí mismos.

Él le pellizcó el pezón con tres dedos y ella gimió, disparándose de nuevo. Era asombrosamente automática. Como presionar la puesta en marcha de un ordenador o un sistema erógeno.

—Me vuelves loca —susurró.

Tenía los pechos pequeños y puntiagudos. Podía abarcarlos con las manos.

—Joder, Teresa...

—Carlos...

Les gustaba decir sus nombres en voz alta.

Quizá por la novedad.

La entrega se hizo más intensa, hasta que él se separó a duras penas.

7

—He de mear —dijo.

—No seas ordinario —protestó mimosa.

—¿Cómo quieres que lo diga?

—Anda, ve.

Salió del coche y lo hizo allí mismo, de cara al río. La temperatura era agradable a pesar de ser ya poco más de la una de la madrugada. Levantó la cabeza y mientras miccionaba miró el puente del Prat, el último paso por encima del río antes de desembocar en el mar. Era un puente bonito, con un arco central, blanco. Dada la hora, no había tráfico entre los dos márgenes. De día, ambas zonas industriales eran un hervidero. De noche, la calma era absoluta.

Calma.

Iba a volver con Teresa. Empezaba a ser un poco tarde. Se agitó el sexo para que cayeran las últimas gotas y ni siquiera se subió los pantalones. ¿Para qué?

Entonces apareció el coche, con sus luces barriendo las sombras.

Se detuvo en mitad del puente y las apagó.

Carlos levantó las cejas.

Y mucho más cuando por el borde asomó algo, un bulto, un extraño bulto alargado, no precisamente rígido.

La caída hasta el río fue rápida.

Un chapoteo…

Carlos abrió la boca.

—¿Has visto eso?

Teresa lo había visto. Salía del coche en ese momento.

—¿Han tirado basura al río? —lamentó extrañada.

Arriba, en el puente, el coche había vuelto a encender las luces.

—No creo que… fuera basura —exhaló él.

El coche enfiló lo que le quedaba de puente, llegó a la rotonda de la Zona Franca y la rodeó para volver a cruzarlo por el otro lado, en dirección al Prat. En menos de un minuto, todo había pasado.

Carlos miró el río.

—¿Si no era basura… qué era? —se asustó ella.

—Hemos de avisar a la policía —suspiró Carlos subiéndose los pantalones con cierta frustración.

—¿Por qué? —se asustó Teresa.

—Porque ser hijo de un *mosso d'esquadra* te impone ciertas reglas, cariño. Por eso —suspiró mientras sacaba el móvil del bolsillo.

—Entonces, ese bulto…

—Parecía un cadáver —se rindió a la evidencia—. Y si no lo era, lo que sea es bastante sospechoso como para dejarlo pasar y fingir que no estábamos aquí viendo lo que hemos visto.

Teresa comprendió que la noche acababa de estropearse.

PRIMERA PARTE

EL CRIMEN Y ELLOS

1

LA POLICÍA

El puente del Prat estaba lleno de coches con luces. Todos alineados por el lado que daba a la desembocadura del Llobregat. Parecía una convención policial. O una manifestación silenciosa. Con el tráfico restringido a un solo carril y los camiones apretados para moverse de un lugar a otro intermitentemente, siguiendo las instrucciones de los agentes situados en las rotondas de ambos extremos, la sensación era de caos controlado. El amanecer hacía ya rato que había dejado de ser rojo, para adentrarse en una mañana luminosa, con apenas copos de nubes blancas en el cielo. El Mediterráneo parecía una balsa.

Daniel Almirall detuvo su vehículo en la rotonda próxima a la Zona Franca. Solo se podía llegar a ella por el paseo Pratenc, también llamado Carretera 100. Por el otro lado, lo mismo. Un único acceso hacia el Prat de Llobregat. Le habían dicho que el cadáver se había encontrado más cerca de la orilla del lado de Barcelona que de la del Prat. A veces las jurisdicciones importaban. En un crimen no.

Porque aquello tenía todos los visos de ser un crimen.

—Vamos allá —dio el primer paso bajando del coche.

Víctor Navarro se puso a su lado.

Caminaron sin hablar, bajando la vista hasta el nivel del río por encima de la barandilla para vislumbrar el lugar en el que un enjambre de policías rodeaba el cuerpo. Desde allá arriba no era más que una mancha blanca. Una mancha que, horas antes, estaba viva.

Llegaron a la primera frontera.

—No se puede…

Sacaron sus credenciales, los dos.

—Perdone, señor.

La cruzaron y se adentraron en territorio comanche. Un asesinato movilizaba a tanta gente que, a veces, se hacía difícil saber qué hacía cada cual. Allí había de todo, policías de paisano y de uniforme, *mossos*, incluso la Guardia Civil, amén de una ambulancia y personal médico.

Caminaron unos pocos pasos más.

—Habrá que bajar al río —comentó Navarro mirándose los zapatos.

Uno de los agentes los reconoció al aproximarse. Se dirigió directamente a Daniel.

—Inspector…

Fue al grano. Las cordialidades se dejaban para otras cosas.

—¿Qué tenemos?

—Una mujer, veintipico. Cara machacada a golpes, aunque murió estrangulada a tenor de las marcas en el cuello. La trajeron en un coche envuelta en una sábana, atada y con piedras, para que se hundiera rápido, y la echaron por el puente, a la una y quince de la madrugada. Una pareja estaba ahí abajo, probablemente haciendo de las suyas, y lo vio todo, aunque ni identificaron el coche ni vieron nada. Solo cómo se echaba el bulto al agua. Hay que agradecerles que avisaran y dieran la cara. Hoy en día todo el mundo escurre el bulto.

—¿Los de la científica llevan mucho con ella?

—Un buen rato, sí.

—¿Algo para identificarla?

—Un tatuaje.

—¿Solo?

—Sí.

—No es mucho.

—Por lo menos parece reciente. No está descolorido ni nada, como esos que ya han sido hechos hace años.

—¿Llevaba ropa?

—No —el policía tragó saliva—. Estaba completamente desnuda.

Lo dijo como si estuviera impresionado.

—¿Algo en las uñas?

—No hay marcas defensivas, inspector —hablaba como si lamentara darle tan poca información—. No creo que peleara a pesar de la paliza.

—¿Violencia sexual, violación?

—Lo primero que han dicho los de la científica es que no hay desgarros vaginales, aunque falta confirmarlo.

Daniel Almirall soltó una bocanada de aire.

—Vamos abajo —le dijo a su compañero.

Víctor Navarro puso cara de circunstancias.

Llevaba los zapatos impecables, y los márgenes de un río no eran el mejor lugar para caminar con ellos.

Rodearon el puente para llegar al río. Los que subían o bajaban del lugar en el que habían depositado el cadáver tras sacarlo del Llobregat utilizaban un pequeño sendero de escaso desnivel, aunque resbaladizo. El bote de goma descansaba en la orilla. Los buzos se quitaban sus pertrechos dando por finalizado su trabajo.

Otro agente, este de paisano, también los reconoció al aproximarse.

—Inspector Almirall, subinspector Navarro...

Les tendió la mano y los precedió hasta el lugar en el que la víctima se había convertido en centro de todas las miradas.

Como si perder la vida implicara perder también toda intimidad.

Nada más verla, comprendieron por qué el policía del puente estaba impresionado al mencionar la desnudez.

Podía tener la cara con marcas visibles de golpes y restos de sangre. Podía estar muerta y, por lo tanto, pálida. Podía haber sido sacada del fondo lechoso de un río. Cierto, no era más que un cadáver.

Pero había sido extraordinariamente bella y tenía un cuerpo de ensueño.

De lujo.

Se la quedaron mirando unos segundos.

Más de la cuenta.

Daniel le calculó entre veintitrés y veinticinco años. Pecho redondo, natural, perfecto, coronado por un rosetón oscuro y pezones visibles; cintura increíble, de las que se hace inverosímil imaginar que pueda contener un vientre, estómago, hígado o riñones; piernas muy largas, bien torneadas; pies menudos y manos hermosas, con las uñas pintadas de color rojo; cabello negro, ya seco, desparramado por encima de la tierra como si fuese un aura; labios grandes, carnosos.

Tenía los párpados bajados, pero casi podía apostar que los ojos eran claros.

Sintió un extraño retortijón en el estómago y reaccionó. Por suerte sus compañeros no se habían dado cuenta.

Se inclinó sobre el cadáver.

Estaba abierta de piernas, con el sexo rasurado salvo en una pequeña zona central, y tenía los labios vaginales muy salidos. Como una gran pasa arrugada o una pequeña flor mustia.

Excitante.

Esa era la palabra.

Incluso muerta aquella mujer desprendía un morbo absoluto.

—Era guapa —lo resumió Víctor Navarro.

Todos habían visto muertos en su vida, en condiciones buenas y malas, pero el sentimiento general que flotaba allí era que se encontraban ante alguien diferente.

—Habrá que contar con la suerte —Daniel se incorporó sin

dejar de mirarla, atrapado por aquel inquietante magnetismo—. Primero comprobar si se ha denunciado la desaparición de alguien como ella, después tratar de encontrar a quien pudo hacerle el tatuaje, si es que era de Barcelona o alrededores. Luego ya veremos qué dice la autopsia —recordó algo de pronto—. ¿Y el tatuaje?

—En la nalga izquierda. ¿Quiere verlo?

—Sí, claro.

No lo hizo el policía. Lo hizo uno de los de la científica. Le dio la vuelta con cuidado por el lado izquierdo hasta permitirles examinar el tatuaje, que tampoco era gran cosa. Una flor tan roja como las uñas de las manos y los pies. Debía medir unos siete centímetros de alto.

No había marcas de sol ni diferentes tonalidades blancas o tostadas. Si lo tomaba, lo hacía desnuda.

El juez iba a proceder al levantamiento del cadáver.

Allí todo estaba dicho y hecho.

—Quiero hablar con los testigos —dijo Daniel.

—Claro, señor.

Emprendieron el camino de regreso al puente y, en ese momento, se escuchó la voz de Víctor Navarro.

—¡Cagüen…!

Definitivamente, había puesto el pie en un charco lleno de barro.

2

EL POLÍTICO

Joaquín Auladell llevaba diez minutos dando vueltas al volante de su Audi. Diez minutos perdidos. Diez minutos cargados de furia. Diez minutos casi desesperados.

Por poco no se había empotrado contra un camión de reparto y, en un paso de peatones, estuvo a punto de llevarse por delante a un anciano temerario de los que se lanzan al ruedo sin mirar antes si se aproxima algún coche. El hombre había salido de entre dos vehículos aparcados. Después del susto, le blandió el bastón mientras le decía de todo menos guapo, llamando la atención de las personas cercanas.

Él había querido fundirse.

Siguió circulando.

Una calle, otra, y otra más.

Ni siquiera recordaba haber estado nunca por aquella parte de Barcelona.

Empezaba a desesperarse cuando encontró lo que buscaba.

El letrero.

Lavado de coches a mano.

Puso intermitente, soltó un suspiro de alivio y giró el volante a la izquierda, despacio, para dejar circular a las personas que transitaban por la acera. Finalmente se metió en lo que parecía ser un garaje que ocupaba toda una nave.

Frenó al acercarse un hombre con mono azul y bajó la ventanilla.

—¿Qué se le ofrece, caballero?

—Dice el letrero que lavan a mano.

—Sí, señor. Y se lo dejamos como nuevo, oiga.

—¿Pueden hacerlo ahora?

—Claro —alargó la primera vocal.

—¿Cuánto tardan?

—Media horita —subió y bajó los hombros para dar a entender que podía tratarse de un minuto arriba un minuto abajo. O cinco.

—De acuerdo —asintió él—. ¿Dónde lo dejo?

—Aquí mismo. No se preocupe.

Joaquín Auladell bajó del coche.

Lo miró con un poco de aprensión.

—El interior lávelo a fondo —se dirigió de nuevo al hombre—. Mi hijo tuvo ayer uno de esos días de perros y vomitó todo lo vomitable. Mi mujer y yo hicimos lo que pudimos por la noche pero... Yo es que tengo el olfato muy fino, ¿sabe? Además, metimos los trapos en el maletero así que...

—Tranquilo que no va a notar nada.

—La tapicería...

—Que sí, que sí, que ya sé lo que es eso. ¿Le ponemos cera por fuera?

—Póngale de todo.

—Desde luego el coche lo merece. Ya tiene unos años pero es guapo —lo acarició con la mano—. Y eso que lo tiene limpio.

—¿Media hora?

—Media hora, sí señor.

—¿Le pago ahora?

—Luego, luego, no se preocupe.

—Gracias.

—Venga, de nada.

Empezó a caminar hacia la puerta.

Volvió la cabeza una sola vez, justo para ver cómo el hombre conducía el Audi hacia la parte en la que lavaban los coches, situada al fondo de la nave.

El nudo en el estómago y la aprensión no aflojaron demasiado.

Salió a la calle y le echó un vistazo al reloj. Tenía media hora. Buscó un bar cercano para sentarse a tomar algo y cuando lo encontró, en la esquina, se dirigió hacia él.

Media hora, más el tiempo de ida, la búsqueda del lavado de coches, y el tiempo de regreso a Hospitalet…

Tendría que inventar una buena excusa.

—Mierda… —suspiró por enésima vez en las últimas horas.

3

EL PRESO

Roberto Salazar se levantó de su litera al escuchar el chasquido de las puertas en el momento de abrirse. Saltó al suelo y fue el primero en salir de la celda.

Todos los presos se dirigían ya al patio.

Buscando sol, aire, una promesa de libertad.

Mientras apretaba el paso, abotonándose la camisa, buscó con la mirada a su objetivo.

Eso le hizo perder la concentración y empujar al Robles.

Nada menos que al Robles.

—¡Eh, tú, vigila!

Vaciló un instante. No podía seguir sin más. Por mucho menos se había cargado a alguno.

—Perdona, no te he visto —se excusó.

—Pues mira que abulto, ¿eh?

Una pausa.

Luego se echó a reír, y sus adláteres hicieron lo mismo.

Roberto se relajó.

—Lo siento. Buscaba a alguien —dijo.

—Charlize Theron no ha venido hoy.

Nuevas risas. También se rio él.

—Nos vemos —intentó alejarse lo más rápido que pudo.

—Eso seguro —rezongó el Robles.

Lo dejó atrás. Había perdido unos segundos preciosos. Llegó a la escalera y la bajó tratando de no empujar a nadie más. Allí todos eran quisquillosos, sobre todo los presos de condenas largas, con poco que perder ya. Tampoco era bueno correr. Los guardias lo notaban todo. Levantó la cabeza y oteó la torre central de control, desde la que se vigilaban todas las galerías.

Calma.

Cuando salió al patio le golpeó el sol de la mañana. Un sol brillante y cálido que lo cegó un momento. Algunos presos se preparaban para jugar su partido de baloncesto. Otros se disponían a hacer gimnasia, para estar en forma y marcar músculos, algo necesario allí. Los más se iban a los lados, para tumbarse al sol como lagartijas.

Él buscó a Marianico, el Perlas.

No tenía ni idea del porqué de su apodo.

Lo encontró con uno de los nuevos. Debía de llevar menos de una semana con ellos. Si Marianico estaba con él era para sacarle algo. Los «conseguidores» siempre vivían pendientes de todo y al día, muy al día.

No esperó a que terminaran la conversación.

—Perlas, ¿puedo hablar contigo?

—¿Ahora?

—Sí, ahora.

—¿No ves que estoy ocupado aquí con mi amigo?

—Es urgente.

El «amigo» parecía bisoño. Un chaval de diecinueve o veinte años. Llevaba la marca del novato en la frente y el miedo colgado de los ojos.

Marianico chasqueó la lengua.

A fin de cuentas las urgencias valían más.

—No te muevas —le dijo al otro.

—No, señor.

Llamar «señor» al Perlas era todo un eufemismo.

Se apartaron unos pasos. Los nervios de Roberto contrastaban con la calma de su compañero. No se detuvieron hasta estar solos, sin nadie a menos de cinco metros de ellos.

—Oye, lo que te dije, olvídalo —se arrancó Roberto de forma precipitada.

Marianico procesó la información.

Era un hombre de unos cuarenta y muchos, enteco, de cara chupada y arrugada, ojos hundidos, mal afeitado y con el escaso cabello alborotado punteando su cráneo. En un manicomio tampoco hubiera desentonado.

—¿Que lo olvide? —arrastró las tres palabras.

—Sí, he cambiado de idea.

—¿Has cambiado de idea? —repitió.

—¡Sí, por favor!

—Venga, hombre, no me jodas —plegó los labios en una mueca alucinada—. En estas cosas no hay vuelta atrás. Ya contacté con el tipo.

—¡Pues llámale!

La idea se le antojó todavía más extravagante.

—¿Que le llame? —parecía escupir cada sílaba—. ¿Tú crees que está en su casa, mano sobre mano, esperando que suene el teléfono? —acercó su cara a él y bajó la voz, aunque elevó el tono amenazador—. Estas cosas son serias, amigo. Cuando se da una orden o se hace un encargo, se hace y punto. Luego no se pierde el tiempo. A estas alturas el trabajo ya debe de estar hecho, ¿vale?

Roberto Salazar se puso blanco.

—¡No, joder!

—¡Joder, tú, tío! ¡A ver si te aclaras, que esto no es un juego!

—Por favor, inténtalo. Te volveré a pagar… ¡Por favor!

Marianico le vio la desesperación.

La absorbió como una esponja.

—Tú estás majara, ¿no? —le preguntó.

—Sí, no, ¿qué más da?

—Los majaras sois peligrosos —pasó de escupir palabras a escupir al suelo—. A saber lo que te hizo esa tía.

—¿Lo harás? —insistió él.

La respuesta tardó en llegar.

Y cada segundo se le hizo eterno.

Marianico el Perlas se apartó de su lado.

—Menudo gilipollas —gruñó—. Voy a ver cómo está la cola del teléfono.

Roberto Salazar se quedó solo.

Solo en medio del patio y con las piernas que apenas si le sostenían, sobre todo después de pasar la noche en blanco.

4

EL PADRE

Germán Romero jugaba con el vaso vacío.

Le pasaba un dedo por el borde, como si esperase que sonara. Lo había visto en un programa de la tele. Un tipo hacía música rozando con el dedo unos vasos de cristal. Increíble. Había gente para todo.

Pero él no lo conseguía.

—Están trucados, eso es —farfulló.

Al otro lado de la barra, el camarero le observó de reojo.

Apenas si había media docena de personas en el bar, pero él parecía muy ocupado lavando y ordenando, copas, platos...

No dejó de observarle.

Temía que se cayera del taburete de un momento a otro.

Tampoco hubiera sido la primera vez.

—Igual los tunean, como los malditos coches —hizo un ruido que intentó parecerse a un automóvil con las ventanillas bajadas y la música a tope—. Así la gente se emb... emboba y traga que t-t-traga.

Alguien golpeó la máquina tragaperras, al final de la barra.

—¡Eh, tú, tranquilo! —le avisó el camarero apartando los ojos de Germán.

—¡Esta jodida no suelta nada, coño! —gritó el exaltado.

—¡Pues no juegues!

—¿Sabes lo que le llevo echado? ¡Para que luego venga un idiota y con la primera moneda se lo lleve todo!

Volvió a introducir una por la ranura.

Germán Romero levantó el vaso vacío.

—Ponme otra, Rodrigo —dijo.

—Va a ser que no —movió la cabeza de lado a lado.

—¿Qué has dicho? —arrastró cada palabra como si hablara sobre una nube.

—Que no —el camarero apoyó los dos puños cerrados sobre su lado del mostrador.

Germán Romero vaciló.

—Oye, niño… —le apuntó con el dedo índice de la mano derecha.

—No, oye tú —le detuvo—. Todavía no es mediodía y ya estás borracho. ¿Qué quieres, caerte redondo en mitad de la calle, o peor, aquí mismo, con lo que tendré que llamar a una ambulancia y montar el número? —hizo un gesto de fastidio y agregó—: Anda, vete a casa, va.

—¡La madre que…! ¡Ponme otra!

El camarero se cruzó de brazos.

Era joven, veintitantos, pero debía de ir a un gimnasio. Los músculos de los brazos eran evidentes.

Ya no le contestó.

—¡La última, joder!

La escena se prolongó unos segundos. La música de la tragaperras era monótona, una cantinela sazonada por los ahogados improperios del jugador. Un hombre también hizo ruido al comprar un paquete de cigarrillos de la otra máquina.

—Vete a casa —acabó repitiendo Rodrigo.

—¡Una más y me voy, palabra!

—Oye, ¿a ti qué te pasa? —el camarero se inclinó sobre la barra.

—¡A mí no me pasa nada!

—Pues ya me dirás.

26

—¿Y tú qué? —hablaba cada vez de forma más desvaída, con los ojos medio cerrados y el cuerpo inestable, rozando el límite—. ¿Vas de cam… camarero amigo, como los de las ple… las películas americanas?

—Nunca has venido a emborracharte tan temprano.

—¡Hostia puta, pareces mi hija…! ¡Ponme otra o la lío parda!

Rodrigo se resignó.

Después de todo, estaba solo en el bar.

—¿Una más y te vas?

—T-t-te lo juro —Germán levantó su mano derecha y con la izquierda besó el crucifijo que llevaba colgado del pecho.

Vio cómo el camarero le servía la cerveza.

Se pasó la lengua por los labios.

El vaso casi ni aterrizó en el mostrador. Se lo cogió de la mano y lo apuró de un largo sorbo. Tanto que estuvo a punto de caerse hacia atrás.

—Ahora vete —le pidió Rodrigo con calma.

—¿No q-q-quieres c-c-cobrar?

—Vale, paga.

Germán Romero tardó en encontrar el dinero. Al final sacó algunos billetes arrugados. Le entregó uno de diez euros y otro de cinco. El camarero siguió con la mano tendida.

—Coño… ¿Has subido el p-p-precio?

No dijo nada. Le bastó con señalar la fila de cervezas.

Le dio cinco euros más.

Luego se levantó sin esperar un posible cambio, aunque le dijo:

—No te voy a de… dejar propina, ¿sabes? —dio un par de pasos con dificultad—. ¡Y me iré a otro bar, d-d-donde traten mejor a la c-c-clientela!

El hombre de la tragaperras golpeó la máquina por segunda vez.

No hizo falta que Rodrigo le dijera nada.

—¡*Pringao*, que eres un *pringao*…! —se burló el borracho al pasar por su lado dando tumbos.

—¿A que te pego una hostia, viejo? —cerró los puños el jugador.

—¿Tú y quién más, hijoputa? —siguió caminando hacia la salida.

—¡Vete a dormir la mona, hombre! —le gritó sin abandonar su lugar, no fuera que alguien se lo quitara.

Rodrigo suspiró aliviado al verle desaparecer del bar.

De todas formas aún le quedaba pelearse con el de la tragaperras, que daba la impresión de ser violento y nunca lo había visto por allí.

5

EL HERMANO DEL PRESO

Manuel Salazar abrió los ojos y se rascó la entrepierna.

Le picaba.

Le picaba todo.

Y ya llevaba así varios días.

Se rascó con frenesí, especialmente a ambos lados de los testículos, utilizando las uñas.

Al final acabó levantándose, para ir al baño cuanto antes y pegarse una ducha que le aliviara.

Nada más salir de la habitación, se encontró con su madre.

Demasiado tarde.

—¡Cuántas veces te he dicho que no salgas desnudo, Manuel!

—¡Joder, que no me he acordado! ¡Creía que todavía dormías o que no habías llegado…!

—¡Si es que luego viene la vecina y te ve así, como el otro día, que ya no sé qué decirle!

—¡Pues que se quede en su casa, que se pasa todo el santo día aquí! —gritó furioso.

—¡Hijo, que me está ayudando mucho! —se defendió la mujer—. ¡Y haz el favor de taparte!

—¡Iba a mear, por eso la tengo empinada, mamá! ¿Y se puede

saber en qué te ayuda esa? —se metió en el cuarto de baño, cogió una toalla y se la enrolló alrededor de la cintura.

—¿Pues en qué va a ser? —se desesperó su madre—. Los vecinos dicen que no van a dejar que nos desahucien, que harán una cadena humana o algo así.

—Ya, y en cuanto aparezca la pasma se rajarán. ¿O crees que tu querida vecina, o la del segundo, se van a quedar tal cual a la hora de las hostias?

—¡No hables así!

—¿Y cómo quieres que hable, coño?

No quiso seguir peleándose con ella y se metió en el cuarto de baño. De todas formas la ducha fue rápida. No habría sido la primera vez que le gritaba desde el otro lado de la puerta lo de que ahorrara agua, que era cara. Cuanto antes saliera, mejor. Le pesaba la casa, le ahogaban aquellas cuatro paredes, y odiaba discutir con su madre.

Algo que, inevitablemente, sucedía todos los días.

Todos.

Se secó, se pasó la mano por la cabeza casi rapada, se miró al espejo y arrugó la cara al ver el reparto de granos perfectamente distribuidos por ambas mejillas y la frente.

Dieciocho años y todavía con granos.

Daba asco, lo sabía.

Eva...

A punto estuvo de golpear el espejo.

Esta vez salió envuelto en la toalla y regresó a la habitación. En un minuto estaba vestido, vaqueros, una camiseta sin mangas y las zapatillas.

Cualquiera le pedía dinero ahora a su madre.

Aunque solo fueran cinco euros, para llevar algo.

—Puta de oros... —resopló.

Lo peor de sentirse acorralado era la sensación de que el golpe final podía llegar desde cualquier lugar.

Salió de la habitación y fue a la cocina.

Ella estaba llorando.

—Mierda, mamá… —gimió vencido por las circunstancias.

—Acabaremos en la calle.

—¡Que no!

—Tu hermano en la cárcel, y tú…

—¿Yo qué?

—¡Que no ayudas nada! ¡Eso es! —pareció estallar.

—¿Y qué quieres que haga?

—¡Busca un trabajo! ¡Yo ya no puedo hacer más horas!

—¡Mamá: no hay! ¿Te enteras? ¡No-hay! ¡Todo Dios está en paro!

—¡Yo friego suelos!

—¿Y quieres que haga eso?

—¡Si hubieras seguido estudiando…!

—¡No empieces! ¿Quieres? ¡Ni era lo mío ni me interesaba ni aguantaba más a aquella panda de cabrones! ¡El Rosendo y el Jime estudiaron y están igual! ¡No me vengas con esas!

—¡El otro día buscaban un camarero en el bar de la plaza!

—¿Pretendes que trabaje catorce horas al día, incluidos fines de semana, por una mierda más las propinas?

—¡Es un trabajo!

Las lágrimas de la mujer se hicieron más patéticas.

No supo si marcharse dando el consabido portazo o si abrazarla.

Al final no hizo ni lo uno ni lo otro, siguió tal cual, en la cocina, viendo como ella se deshacía y menguaba más y más.

Llegó la guinda.

—Acabarás en la cárcel… como tu hermano… Y me dejaréis sola, sola en la calle…

Manuel Salazar apretó los puños.

Odiaba que le dijera eso.

Odiaba…

Iba a dejarla llorar, incapaz de hacer otra cosa que quedarse allí, mirándola, cuando sonó el timbre de la puerta.

—Hija de puta… —rezongó apretando más los puños.

6

EL CONSTRUCTOR

Florentino Villagrasa miraba el mapa como si quisiera atravesarlo. O fundirse con él.

Un mapa de más de un metro de alto por casi dos de largo que ocupaba una de las paredes de su despacho.

Y en el centro, aquel inmenso solar.

El vacío que esperaba el milagro.

Millones y más millones.

En el fondo era mucho más que eso. Era el futuro, la estabilidad, salir de todos los agujeros, acabar con la crisis…

Todo.

Cerró los ojos, pero el mapa continuó allí, en su mente, con sus manchas de colores y las chinchetas asaeteándolo, con el solar convertido en el agujero negro de su ansiedad. El maldito solar que ya era uno de los pocos grandes espacios que le quedaban al abarrotado Hospitalet de Llobregat, o lo que era lo mismo, al área metropolitana de Barcelona.

El mayor pelotazo urbanístico que un constructor podía esperar.

Volvió a abrir los ojos y notó una punzada en el pecho.

Solo faltaría eso, que le diera un infarto. Entonces si que…

Respiró con fatiga.

Cada día parecía el último. Cada día creía estar en la espera final. Cada día le pedía a todos los cielos un poco de paz. Solo un poco. Y al llegar la noche todo seguía igual.

Ninguna decisión.

¿Y si ellos estaban jugando a dos bandas...?

Por un lado, sonrisas, lo de «tú tranquilo», calma. Y por el otro...

—Tranquilo, sí —se dijo a sí mismo en voz alta—. No pasa nada.

Pero sí pasaba.

¿Cuántas veces había dicho aquello de «los errores se pagan»?

A veces bastaba uno pequeño. Pero si encima era grande...

Pensó en ella y se estremeció.

Morirse de un infarto era de chiste, pero acabar en la cárcel era peor. Todos los que le odiaban se pondrían las botas, harían fiestas, se mearían a su salud. Su padre se lo dijo una vez:

—Hijo, nadie construye un imperio sin sembrar odios, rencores, envidias, egoísmos, y dejar un montón de cadáveres en el camino. En la cima se está solo, sí, pero a gusto. Muy a gusto. El éxito solo necesita a uno mismo.

Odios, rencores, envidias, egoísmos.

Cadáveres en el camino.

No podía pasarse todo el día sentado, esperando, mano sobre mano. Acabaría volviéndose loco, o con el dichoso infarto de una vez. Pero si se iba sería peor.

Movió la mano derecha y atrapó el móvil.

Vaciló.

¿Pinchado? No, qué estupidez. Nadie sabía nada.

Todavía.

¿O sí?

Se lo quedó mirando. No hizo ninguna llamada. Comprobó que tuviera señal, que funcionara. Iba a dejarlo de nuevo sobre la mesa cuando sonó y casi lo soltó asustado.

No, no era Joaquín Auladell.

Respondió a la llamada con irritación.

—¿Sí, qué quieres?

—Nada, saber si…

—Ninguna noticia. Te habría telefoneado.

—Ya, claro. Perdona.

—Mira, estoy de los nervios, como tú, como todos, pero ¿qué quieres que te diga? No puedo ir allí y arrodillarme, ni apuntarles con una pistola.

—Pero te dijeron que era inminente.

—Sí, ya, vale, ¿y qué? Inminente también puede ser la semana que viene.

—No fastidies…

—¡Vaya, mira este! ¿Qué te crees que es esto, coser y cantar?

—Pero la oferta era la mejor, tú mismo…

—Oye, mira —lo detuvo—. No mareemos la perdiz, ¿vale? Y haz el favor de dejar la línea abierta por si llaman. Bastante tengo yo con todo lo mío.

—Claro, claro. Lo siento. Venga…

—Chao —cortó la comunicación.

Y al hacerlo, volvió a mirar el mapa.

Pero, esta vez, a quien vio fue a ella.

—Eva…

El nuevo estremecimiento le descargó otra punzada en el pecho.

7

LA POLICÍA

La morgue siempre imponía respeto.

Más que la casa de los muertos, era la casa de las aberraciones. Como si pagaran un peaje previo a su descanso eterno, los cadáveres pasaban por allí para ser abiertos en canal, destripados, fragmentados y troceados. Manos ajenas, desconocidas unas horas antes, extraían el corazón, el hígado o los riñones, examinaban el estómago, hundían sus dedos en el cerebro. Y lo hacían fríamente. Buscaban huellas, información, todo cuanto determinara cómo, cuándo y bajo qué circunstancias había muerto la persona, aunque las causas fueran tan evidentes como un disparo o un ahogamiento. Qué había comido, a qué hora, qué tenía aquí y allá, todo importaba. Raro era el asesinato que no se resolvía empezando por la autopsia.

Por eso Daniel Almirall estaba allí.

Ferran Soldevilla se lo quedó mirando por encima de las gafas.

—No fastidies, Dani —le espetó.

—¿Una primera impresión?

—¿Qué quieres que te diga? Acabo de empezar, y porque hoy no tengo a nadie más, que si no... Sabes que a veces hay cola.

—Es un asesinato, hombre.

—¿Y?

—Va, no seas duro. A mí me presionan los de arriba.

—Y tú me presionas a mí, no te digo.

Se quedaron mirando unos segundos. Se apreciaban. Se respetaban. Ferran Soldevilla era mucho más veterano que Daniel. Sobrepasaba ya los cincuenta, y eso representaba diez años más que él. Algo que, en su trabajo, era mucho.

Decenas de cadáveres.

A veces, Daniel intentaba imaginárselo en su casa, por Navidad, trinchando un pavo.

—Mira, no quiero que los medios empiecen a informar de esto antes de hora, ¿comprendes? —trató de justificarse—. Mujer joven, asesinada, arrojada desnuda al Llobregat… Tiene de todo para que se ceben en el caso, y ya sabes que…

—Sí, que las primeras cuarenta y ocho horas son esenciales.

—Pues eso.

—¡Ay, señor, cuánto daño han hecho esas malditas series de televisión! —Ferran Soldevilla levantó las manos—. ¡La gente cree que un ADN se consigue en diez minutos y que los forenses lo sabemos todo con solo mirar un cadáver! ¡Y te hablan de células epiteliales y demás gilipolleces sin saber qué coño son las malditas células epiteliales!

—No puedo esperar demasiado para tener tu informe. ¿Mañana…?

—¿Mañana? ¿Hablas en serio? ¿Quieres una chapuza o algo definitivo?

—Venga, Ferran —se cansó de la discusión.

—Si es que…

Se acercaron al cuerpo de la muerta.

Ya le había practicado la «Y». Dos líneas diagonales desde los hombros al final del esternón, y de ahí en vertical hasta más abajo del vientre. Lo primero que vio Daniel sin pretenderlo fue el sexo, que seguía igual, con los labios vaginales salidos y marchitos. Lo segundo el rostro, los otros labios, pómulos, barbilla…

—Dios… —suspiró el médico.

No hacía falta explicar el motivo de su expresión.

—¿Le habías hecho la autopsia a alguien como ella? —preguntó Daniel.

—Cualquier chica joven es guapa y tiene un buen cuerpo, ya me dirás, y una vez sí, tuve que hacérsela a una modelo. Pero no como esta. Fijo que no pasaba desapercibida —tomó un poco de aire antes de seguir—. Metro setenta y cinco, piel cuidada, cabello suave, cuerpo escultural y guapa. Guapa de cojones, Daniel. Ni siquiera esa paliza ha podido borrarle los rasgos —dejó pasar unos segundos y acabó suspirando—: Esa mujer tenía que ser puro morbo. Si lo mantiene muerta, imagínate viva.

Morbo.

La palabra volvía como un viento inesperado.

Daniel volvió a sentir aquella agitación estomacal.

Veía un cuadro hermoso y lloraba. Veía un monumento histórico y se emocionaba. La belleza siempre le había dolido. No sabía por qué, pero era así.

—¿Crees que también pudiera ser modelo?

—Tal vez, aunque con metro setenta y cinco podría resultar baja según los cánones. Tampoco estaba en los huesos, como la mayoría. Tenía curvas. Muchas modelos son andróginas, así las peinan y maquillan como quieren. Nuestra muerta en cambio era sensual, eso te lo aseguro.

—¿Que edad le calculas?

—Veinticuatro como mucho.

—Yo le hacía incluso veinticinco, pero sí, supongo que tienes razón —convino—. En un primer examen me han dicho que no hay rastro de forcejeo, que tiene las uñas bien, y que tampoco parece haber sido violada.

—Correcto.

—¿Estaba ya muerta cuando la han echado al agua?

—Sí. Acabo de comprobarlo. Ha sido lo primero. Tiene los pulmones limpios. Iba a seguir con el resto, estómago…

—¿Hora de la muerte?

—La echaron al río pasada la una de la madrugada, así que no hay muchas dudas al respecto. Te lo confirmaré, claro, pero diría que entre una y dos horas antes de eso.

—¿El tatuaje?

—Juraría que es reciente, menos de seis meses. Un año a lo sumo. Y se me antoja que está muy bien hecho.

Daniel asintió con la cabeza.

—Gracias —dijo.

—Piensas lo mismo que yo, ¿no? —dijo Ferran Soldevilla.

—¿Crimen pasional? —aventuró el inspector de policía.

—Sí —asintió el forense—. Averigua quién era, busca en su entorno, y darás con el asesino en un abrir y cerrar de ojos —volvió a señalar el cadáver—. Nadie como ella pasa desapercibida.

—Eres el mejor —forzó una sonrisa iniciando la retirada.

—Y tú un poli antiguo, amigo —le pinchó.

Salió de la morgue intentando no ver el cuerpo de la muerta. Pero ya lo llevaba impreso en la mente. Más ahora, abierta, destrozada por mucho que luego Ferran la cosiera y, púdicamente, alguien la vistiera para el entierro o la incineración. El asesino era un sádico, una persona capaz de golpear, matar y deshacerse de ella posiblemente en un ataque de ira seguido por uno de pánico.

Sí, lo primero era evitar que los medios de comunicación explotaran el suceso.

Lo segundo, atrapar al hijo de puta que hubiera hecho aquello.

Sonó el móvil.

Antes de abrir la comunicación vio que era Víctor Navarro.

—¿Sí?

—Inspector, he mirado en Internet las casas de Barcelona en las que hacen tatuajes. No son tantas como esperaba, aunque me han dicho que también hay algunos chapucillas aficionados que lo practican sin licencia y sin mucha escrupulosidad.

—Según el forense estaba bien hecho, así que parece profesional.

—Mejor entonces.

—¿Tiene la lista?

—Sí.

—Voy para allá. De paso mire también por la periferia. Hospitalet, el Prat…

—¿El otro lado no?

—Concentrémonos en los alrededores del Llobregat. Si la hubieran arrojado al Besós nos tocaría Santa Coloma, Badalona… Vayamos paso a paso.

—Bien, señor.

Daniel cortó la comunicación.

Una vez en la calle, se detuvo y levantó la cabeza al cielo.

El día era magnífico.

Aunque no para todo el mundo, comenzando por la muerta y acabando por él, que debía encontrar a un asesino.

«Esa mujer tenía que ser puro morbo. Si lo mantiene muerta, imagínate viva».

Le resultó imposible dejar de escuchar la voz de Ferran Soldevilla. Tanto como dejar de pensar en ella.

8

EL POLÍTICO

Joaquín Auladell abrió la puerta del apartamento y nada más cerrarla se vino abajo.

Fue incapaz de dar un paso.

Se apoyó en la puerta, de espaldas, y no llegó a resbalar por ella hasta el suelo porque logró evitarlo a duras penas. Cerrar los ojos no le sirvió de nada. Estaba allí, en su exilio, en aquella ratonera, por más que se dijera a sí mismo que era provisional. Si abría los ojos veía, por encima de todo, su fracaso.

Personal.

Humano.

Intentó reactivar los músculos de las piernas. Total, no eran más que tres pasos. Su antiguo piso era maravillosamente largo. El apartamento no. Tres pasos hasta el sofá. Tres hasta la habitación. Tres hasta la cocina. Tres hasta el baño. Su vida había quedado reducida a eso.

Peor que una celda.

Aunque él tuviera una puerta de salida y un balcón tan minúsculo como el apartamento, desde el cual veía las casas del otro lado de la calle, con sus ventanas y sus secretos ocultos tras ellas.

Dio los tres pasos y se dejó caer en el sofá.

Primero, llevar el coche a lavar al quinto coño. Después, una mañana de perros, ausente, con la cabeza lejos de todo. Ahora ni siquiera tenía hambre. Más bien estaba a punto de vomitar, mareado.

Aquella sensación de pánico que iba y venía…

Desde el sofá veía la habitación, la cama todavía revuelta y sin hacer, la sábana colgada de un lado. Sabía que si se dejaba caer en ella, olería su perfume. Aquel perfume que lo impregnaba todo. Ni siquiera era Chanel o algo parecido. Era su olor. Su poderoso olor, capaz de volverle loco.

—Eva, joder… —gimió.

No solo era la cama y su olor. También eran las paredes. El espejo en el que se reflejaban desnudos. Por todas partes debían de rebotar sus gemidos, el eco de sus gritos, el desaforado éxtasis de la pasión llevada al límite. En el espejo quizá todavía estuvieran impresas sus imágenes.

La habitación era ahora una trampa.

Tenía que levantarse y cerrar la puerta.

Tampoco pudo.

Por la noche no tendría más remedio que acostarse en aquella cama, dormir, esperar…

Esperar…

Apoyó la cabeza en el respaldo del sofá y entonces sonó el móvil.

Quiso cogerlo tan rápido, tanto, que se le escurrió de entre los dedos y acabó en el suelo. Temió que se hubiera roto. Se alegró de que no fuera así. Sin embargo, al ver quién le llamaba, hizo un gesto de desilusión y fastidio, no respondió. Dejó que la señal se extinguiera hasta que saltó el buzón de voz.

Siguió con el móvil en la mano.

Tenía que hacer algo o se volvería loco.

Hacer algo o hablar con alguien.

Lo abrió de nuevo y, tras buscar en la memoria el número, apretó el dígito verde con la imagen de un teléfono.

Al otro lado, la señal solo debió de escucharse un par de veces.

Sabía que lo había cogido Marta, aunque fuera el fijo de la casa.

—Soy yo —dijo ante su silencio.

—Ya sé que eres tú. ¿Qué quieres?

Seca, áspera, contundente.

Nada que ver con la dulce criatura con la que se había casado casi veinte años atrás.

La vida moldeaba a sus víctimas de forma a veces espantosa.

—¿Puedo hablar con Sara? —le preguntó.

Podía colgarle, pero no lo hizo.

Quizá porque Sara estaba allí mismo.

—Bueno —accedió ella.

Ninguna pregunta acerca de cómo se encontraba, cómo le iba, qué hacía… Nada.

Lo único que le importaba era recibir su asignación mensual y, a poder ser, no verle nunca más.

Algo difícil compartiendo una hija.

—Marta… —la detuvo.

—¿Qué?

Una simple palabra, tres letras, pero bastaba el tono para darle forma de abismo insondable e insalvable.

—No, nada, perdona.

Eso fue todo.

La espera, breve.

—¿Papá?

Se le encogió el corazón.

—¡Hola, preciosa! —trató de sonar alegre—. ¿Cómo va todo?

—Pche, ya sabes.

—No, no sé, por eso te llamo.

—Pues no hay mucho que contar. Aburrida, como siempre.

¿Se aburrían las chicas de catorce años?

Increíble.

Hasta los once o doce años, eran los mejores amigos, hablaban por los codos. A partir de los trece habían comenzado los silencios, los secretos. Ahora, con la separación, empezaba a verla como algo irrecuperable.

Y más con la madre despotricando todo el día en su contra.

Venenosa Marta.

—Iré a buscarte el domingo, ¿de acuerdo?

—Pero me devuelves temprano por la tarde, ¿eh?

—¿Por qué?

—He quedado a las siete.

—¡Oh!

No se quedaba a dormir en el apartamento. Habría tenido que hacerlo en el sofá, incómoda. Y además, con Eva...

Eva.

Otro desmoronamiento.

—Papá, dentro de tres meses es mi cumple.

Volvió a la realidad.

—¿Tres meses ya?

—¿Cómo estás de dinero?

—¿Por qué?

—Bueno, mamá dice que cada vez estás peor y...

—Tu madre no sabe lo que se dice, ni sabe nada de mí desde... —evitó pronunciar la palabra «separación»—. ¿Para qué quieres saber si estoy bien de dinero?

—Es que quería una tableta.

—Pues la tendrás.

—¿En serio?

—Cumples quince, ¿no? Claro que es en serio. ¿Cuándo no te he hecho un buen regalo por tu cumpleaños?

—¡Gracias, papá!

Oírla emocionada era lo mejor.

Aunque fuera por un regalo.

—El domingo podríamos...

Escuchó un grito lejano. Un grito que conocía bien. No entendió las palabras pero sí el tono.

—Papá, he de ir a comer —le interrumpió Sara—. Ya sabes cómo se pone si…

—Claro, claro, tranquila. Te llamo mañana o, si no, el domingo. Te aviso y bajas, como siempre.

Como siempre.

Ya parecía un hábito, y apenas si…

—¡Vale, papá! ¡Chao!

—Te quie…

Ya no estaba allí.

Siguió con el móvil en la mano, sin metérselo en el bolsillo. Primero se resistió. Después cedió al impulso y fue al archivo fotográfico.

Eva estaba allí.

Vestida, desnuda, sensual, explosiva, en imagen y en película, en la calle y en la cama, explotando toda su fuerza erótica.

—Fóllame…

Joaquín Auladell ya no pudo más.

Se vino abajo y rompió a llorar.

9

EL PADRE

Lo primero que vio Germán Romero al abrir los ojos fue la mortecina luz que provenía del exterior.

Tuvo un espasmo.

Tosió.

Se atragantó y acabó doblado sobre sí mismo, en la butaca, con medio cuerpo sobre el reposabrazos, tratando de respirar y, al mismo tiempo, buscando la forma de menguar la tormenta desatada en el cuello.

Estaba en su casa pero escupió al suelo.

—Ññño… —jadeó.

Tardó en recuperarse, pero no tenía prisa.

Un minuto, dos.

Volvió a sentarse, apoyando la espalda en el respaldo, y trató de dilucidar si amanecía o anochecía. El sentido común le dijo que era lo segundo, porque no recordaba mucho más allá de haber vuelto borracho del bar. Un crujido de su vacío estómago también le dio la razón.

La había pillado buena.

Ni siquiera había podido llegar a la cama.

Bueno, alguna vez incluso despertó en el suelo.

Tenía la cabeza embotada, así que evitó ponerse en pie de momento. Además de ella, le dolía el estómago y los pies. Se le habían hinchado como pelotas, y seguía calzado.

Se quitó los zapatos.

Poco a poco, la cabeza volvió a ponerse en su sitio.

La noche pasada, Eva…

Se quedó mirando la pared, la grieta que la cruzaba en diagonal, de arriba abajo. Unos años antes, con el primer indicio, le había puesto un cuadrito encima. Un Santo Cristo Redentor. La grieta aumentó y el cuadrito dio paso a un cartel que se había llevado de un contenedor de basura. Ahora ya era imposible taparla. El día menos pensado la casa se le caería encima.

El cartel era de una exposición.

Era bonito, llamativo, gastado, y no tenía ni idea de quiénes eran aquellas personas que se anunciaban.

El estómago le mandó otra señal.

Cavernosa.

¿Tenía algo en la nevera? Ni idea. Hizo memoria, pero nada. Lo único que de pronto veía era a Eva.

Su condenada hija.

Germán Romero apretó los puños y las mandíbulas.

Entonces sí, sacó fuerzas de flaqueza y se levantó.

A los dos pasos pisó el charco todavía húmedo y pastoso de su vomitona al llegar a casa.

—¡Hostia puta! —masculló.

Fue al baño intentando no pisar el suelo con el pie mojado. De camino, hizo dos cosas: abrió una ventana para que se fuera el olor, porque olía mal, peor que mal, y se santiguó al pasar por delante de la representación de la Santa Cena, como hacía siempre al levantarse de la cama, a la hora que fuera. La oración, eso sí, fue rápida y mecánica. Le pidió perdón a Dios y continuó. Siempre había que pedir perdón, por todo. El baño consistía en un lavamanos, un retrete y una ducha, apretado en menos de un par de metros. Imposible meter el pie en el lavamanos, así que se desnudó y se limpió en la ducha, aunque sin meterse por completo en ella.

Volvió a ponerse los pantalones y la camisa.

De regreso a la sala tuvo que apoyarse en el aparador, el viejo aparador de toda la vida. Su cara quedó casi pegada a las fotografías que seguían allí. Las imágenes de otro tiempo. Los momentos felices de una vida que había pasado muy, muy rápido, en un abrir y cerrar de ojos. Su mujer sonriente, Eva de niña, de adolescente. Ninguna de mayor. Ninguna de más de quince años. A los doce o trece ya era casi una mujer. A los catorce lo era del todo. A los quince…

Todos locos por ella.

Cogió la primera.

Los tres, con Eva en brazos, recién nacida.

La imagen le atravesó la conciencia, le quemó la mente y le heló el alma.

¿Cómo era posible…?

—¿Por qué? —le preguntó a la fotografía.

La dejó en su lugar y trastabilló en dirección a la ventana que acababa de abrir. Sus pasos eran vacilantes. Hubiera acabado cayendo al suelo de no apoyarse en el marco. El aire fresco le sentó bien. Desde ella vio la calle, a ras de suelo, aunque por aquel lado en realidad daba a un callejón angosto. No sabía lo que era vivir en un piso alto. Nunca lo había hecho. El barrio se caía a pedazos, el día menos pensado arrasarían con las casas unifamiliares que lo formaban y se acabaría todo. Pero de momento allí estaban, allí estaba él.

No muy lejos vio la torre del hospital de Bellvitge.

Por lo menos, si le pasaba algo, tenía a los médicos a cuatro pasos.

Siguió mirando el hospital.

Hasta que se dejó invadir por un sinfín de sentimientos contradictorios.

Ira.

Rabia.

Odio.

Dolor.

Miedo.

Desesperación.

Y vuelta a empezar.

Ira.

Rabia.

Era hombre de prontos. Siempre lo había sido. Pasaba de un estado a otro en un segundo o menos.

Como en ese momento.

La mezcla de sensaciones se convirtió en un cóctel, estalló en algún lugar de sí mismo, le inundó la mente y eso le hizo moverse como un león enjaulado por el interior de la vivienda.

Volvió al aparador.

Y lo barrió de un manotazo.

Toda su vida cayó a un lado, con estrépito, en medio del fragor de cristales rotos y marcos quebrados.

Cuando gritó, a pleno pulmón, como un loco, sabía que ningún vecino se alarmaría ni iría a ver si le pasaba algo. La mitad de las casas estaban vacías y los de la otra mitad ya le conocían de sobra.

10

EL PRESO

Lo peor de la cárcel era el horario.

Roberto Salazar odiaba tanto levantarse temprano como tener que acostarse a la hora de los niños.

Y decían que cuanto más tiempo se pasaba preso, más costaba después recuperar los viejos hábitos, levantarse tarde, trasnochar...

Tumbado en su litera, se mordió el labio inferior hasta casi hacérselo sangrar.

Se agitó en ella, dando un fuerte tumbo.

Toda la estructura tembló.

—¡Cagüen Dios...! ¿Ya empezamos?

El Candil era bajo, un alfeñique hecho de piel y huesos, pero tenía muy mala hostia. En el patio se enfrentaba a quien fuera. Recibía lo suyo, pero el otro también.

Mal enemigo.

Compartir celda con él y los demás no significaba que fueran amigos. Allá cada cual iba a lo suyo.

—Calla, coño —protestó a pesar de todo, combativo.

—¡Hazte una paja y duérmete, joder! ¡Pero sin hacer ruido!

Una paja.

¿Cuántas llevaba con Eva en la mente?

En la celda todos empezaban a darse cuenta de que se estaba

volviendo loco. Y luego corría la voz, por toda la cárcel. Allí ni los pensamientos estaban a salvo.

Roberto Salazar respiró con fatiga.

El peso en el pecho, la presión en las sienes, el vértigo...

¿Y si el Perlas no había logrado evitarlo?

¿En qué estaba pensando cuando tuvo la idea?

¿Y en qué cuando lo encargó, y pagó por ello?

Otra vuelta.

Y, de nuevo, el quejido del Candil.

—No te la sacas de la cabeza, ¿eh?

—A quién.

—A la tía esa que no te deja vivir, coño.

—No es eso —mintió.

—¿Ah, no? ¿Con quién te crees que estás hablando, nene? ¿Sabes a cuántas titis he tenido yo chupándome la polla? ¡Más de las que tú olerás en toda tu puta vida, eso fijo!

—No tienes ni idea —gruñó.

—Mira, tío. Tú estás dentro y ella fuera —la voz del Candil era áspera—. Hazte a la idea de que, ahora mismo, estará follando con alguien, quizá tu mejor amigo o su nuevo novio. Cuanto antes entiendas eso, mejor te irá y te harás menos sangre. Luego, al salir, si quieres le haces una cara nueva. Pero, ahora, pasa página y cuídate tú.

Una cara nueva.

¿Por qué decía justamente eso?

—Va, cállate —le pidió.

—No, callaos los dos, joder... —arrastró las palabras una voz desde la otra litera.

El Candil era un tipejo, pero el Muro era justamente eso, una valla hecha de cemento.

Se callaron.

Roberto Salazar miró la pared, a escasos centímetros de su rostro y envuelta en la penumbra gracias a la débil luminosidad que se filtraba por la ventana enrejada. Ya no tenía la fotografía de Eva allí.

La había quitado. Todos tenían fotos de mujeres desnudas, pero procedían de calendarios o revistas. A ninguno se le ocurría poner a la parienta o a la novia. Un riesgo.

Y él, al comienzo, había sido un ingenuo.

Seguía siéndolo.

Estaba allí por ella.

Por haber perdido la puta cabeza...

—Hijo, búscate una chica limpia, decente y que te quiera. Es todo lo que cuenta —le decía siempre su madre, empeñada en que se portara bien mediante el hecho de que encontrara a alguien con quien estar.

Una chica decente.

O sea, una infeliz.

Hacerle un par de hijos y a los treinta gorda y sin ganas de nada.

A la mierda con eso.

Una noche con Eva valía por...

Tocarla, besarla, poseerla era...

¿Por qué lo había hecho? ¿Tan desesperado estaba? ¿Tan lleno de rabia y frustración? ¿Por qué le había pedido al Perlas que le buscara a alguien, y encima pagando lo que no tenía?

Otra vuelta.

Otro gemido de la estructura.

Temió que el Candil se levantara para darle un golpe.

Pero escuchó su ronquido.

Plácido.

Roberto Salazar sabía que no podría dormir, que se pasaría la noche en vela pensando en Eva, en lo que le había hecho, en lo que sería su futuro sin ella.

Sin ella.

Se aferró a la sábana con las dos manos y estuvo a punto de rasgarla en un acceso de locura.

El grito fue silencioso, interior.

Pero tan brutal como si lo hubiera emitido a pleno pulmón.

11

EL CONSTRUCTOR

Florentino Villagrasa los oía hablar, pero no los escuchaba.

La cena era como siempre. A un lado, inevitable, sin que le prestaran la menor atención pero omnipresente, el televisor. Y en la mesa, su mujer y su hija.

Ni rastro de su hijo. Ingenuamente lo había preguntado al sentarse:

—¿Y Pau?

—No viene a cenar.

—¿Por qué?

—Yo qué sé. Pregúntaselo cuando llegue, o mañana. Tendrá plan, cosas que hacer.

Plan.

Cosas que hacer.

¿Cuándo habían crecido tanto?

Pau ya volaba por su cuenta, como si los veintiuno fueran una alfombra roja por la que dirigirse a lo más oscuro de la vida. Y Mireia, a los diecinueve, parecía una mujer con mentalidad de quince y cuerpo de veintipico.

Algo no habían hecho bien. O quizá sí.

Los hijos salían como salían y punto.

Miró distraídamente el televisor. Un atentado en algún lugar. Se veía gente ensangrentada corriendo. ¿Kabul? ¿Mosul? Dónde estaban esos lugares. Cada día era lo mismo.

Primero se hacían las guerras, luego los bancos daban créditos y los constructores volvían a levantar las casas y a reconstruir las ciudades.

Quizá no fuera mala idea emigrar.

—Papá.

En las épocas buenas, cuando la construcción dominaba el panorama, había trabajo para todos. Albañiles, electricistas, carpinteros… Si no fuera por las malditas burbujas…

—¡Papá! ¿Me oyes?

—¿Qué? —aterrizó en la realidad de la cena.

—¡La moto, que la tengo para el arrastre!

Cada cual con su problema. El de Mireia era la moto.

—Si la cuidaras más.

—Ya, y cada vez que la llevo al taller me la tienen una semana y luego me cobran más que si la comprara nueva.

Se lo cobraban a él. No a ella. Pero eso daba igual.

—Pues ahora no sé yo…

—¡Papá!

—Ve en bus, hija.

—¿A la facultad? —Mireia le miraba con indisimulado horror, como si le hubiera dicho que se tirara por la ventana o algo peor—. ¿Sabes cuántos tendría que coger cada día? ¡Y los madrugones! ¡Para eso voy en taxi!

—Yo…

—¡Papá, no me vengas con tus películas del siglo pasado!

Miró a su mujer más que a su hija. Después de todo, siempre se hacía lo que ella decidía.

—Ya os dije que este año vamos justos.

—Eso lo dices siempre, Florentino —habló ella.

—Pues esta va en serio, Carmen. O consigo esa licitación de obra pública o…

—¿O qué?

—Pues que igual hay que cerrar la constructora —lo dejó caer igual que una pesada losa de mármol.

Mireia abrió unos ojos como platos. Carmen se quedó impasible.

—¡Papá! —dijo la chica.

—Qué dramático eres —le espetó su mujer.

—¡No es…!

—Va, calla y cena —le ordenó Carmen—. Y tú no le hagas caso, hija, que toda la vida ha estado igual, incluso cuando le caían las obras como si lloviera dinero. Además, para eso está lo de Suiza, ¿no?

—Eso es nuestro seguro de vida —quiso dejarlo claro.

—¿Y qué quieres, morirte y que se pudra ahí?

No, no iba a pudrirse. Se lo reventarían Pau y Mireia.

En el televisor continuaban las desgracias. Ahora era un tifón, un vendaval o un huracán. Palmeras torcidas, barcos subidos al muelle, agua por las calles, voladizos levantados y una sensación de caos y desastre generalizado.

Pero si había palmeras significaba que aquello, fuese lo que fuese, sucedía también muy lejos, en algún país asiático o en una playa caribeña de esas a las que nunca iría.

Ya no.

—Pásame el pan, Florentino —le pidió Carmen.

Tema zanjado.

Mireia todavía vacilaba un poco.

—No te preocupes, papá. Tú siempre caes de pie —le dijo.

—Dame un beso.

—Vaaale.

Se levantó y acercó los labios a la mejilla de él. Carmen lanzó un suspiro de resignación.

—Desde luego…

Y se levantó para ir a la cocina.

Sabía que al final le compraría la moto nueva, claro.

Se hizo el silencio, como si la voz de los que hablaban en el informativo no contara. Florentino Villagrasa volvió a desaparecer, con la mente lejos de allí. Miraba la pantalla sin verla. Ni siquiera reaccionó cuando salió Barcelona, el Llobregat, el puente del Prat...

—...el cadáver de la mujer, completamente desnuda y envuelta en una sábana...

Carmen regresaba a la mesa.

—Pobre, a saber lo que le habrá pasado. Violencia de género, seguro.

—¿Qué? —dijo él creyendo que le hablaba.

—Una mujer que han encontrado muerta —Carmen señaló la pantalla.

Cuando Florentino Villagrasa centró su atención en ella, ya era demasiado tarde. La mujer muerta había dejado de ser noticia. En su lugar salía el idiota de Trump, imitando a Mussolini en los gestos y las muecas, diciendo que como América era lo primero los demás países del mundo tenían que bajar la cabeza y dejarse sodomizar.

—Por lo menos aún no ha apretado el botón nuclear —dijo Mireia alegremente.

12

EL HERMANO DEL PRESO

Manuel Salazar llegó a la plaza en el momento en que la iglesia desgranaba las campanadas horarias. Los vecinos ya daban la guerra por perdida, aunque habían logrado que, por lo menos, no sonaran entre las once de la noche y las siete de la mañana. También se había conseguido bajar el volumen de la monótona cantinela. Muchos decían que era una venganza del cura por la poca asistencia de los feligreses a las escasas misas que aún se hacían.

A veces un barrio, aunque fuera de Barcelona, seguía siendo un condenado pueblo.

En el bar todavía no había mucha peña. Demasiado temprano. Metió la cabeza y, al no ver a nadie de los suyos, salió para ir a sentarse en uno de los bancos del centro. Los mismos bancos que de día se llenaban de viejos achacosos hablando de sus males y al anochecer de parejas comiéndose a besos.

Jonás apareció de pronto.

—¡Eh!

—¡Eh!

—¡Passsa!

—¡Bien!

—¡Puta madre!

—Ya, tío.

Después de la expresividad oratoria, unieron sus nudillos y chocaron el hombro derecho.

—¿Qué haces? —preguntó el aparecido.

—Nada. No hay nadie —Manuel señaló el bar a su espalda.

—¿No tomas nada? —vio sus manos vacías.

—No tengo un puto euro —se encogió de hombros.

—Putada.

—Dímelo a mí.

—Dicen que os van a echar.

—Panda de cabrones…

—¿O sea que va en serio?

—Sí.

—¿Cuándo?

—Dos semanas.

Jonás quedó algo impresionado.

—¿Y adónde vais a ir?

—Ni puta idea.

La idea de perderle como colega se hizo un hueco mayor en su cabeza.

—No jodas, tío.

—Los vecinos dicen que van a montar una cadena humana o algo así, pero no sé yo si eso…

—Puedo llamar a la peña y ayudamos.

—¿Y si la poli la emprende a hostias?

—A mí, mientras no vuelvan a trincarme…

—Lo pasaste mal, ¿no?

—Chungo. Muy chungo. Y lo peor mis padres. Ella venga a llorar y a él casi le da un infarto.

Manuel se apoyó en la farola más cercana. Se cruzó de brazos. Tocaba esperar que alguien llegara al bar y le invitara. Aunque últimamente ya iba teniendo fama de gorrón.

—Hay agrupaciones vecinales y todo eso —dijo—. Incluso por parte del ayuntamiento. Ya veremos.

—¿Qué harás si…?

—Robar un banco.

—Sí, ya —soltó un bufido Jonás—. Para acabar como tu hermano.

—Yo no soy tan idiota.

—Él tampoco lo era, y ya ves. El puto ídolo del barrio. El Roberto. Y todo por una tía, aunque… joder, cómo estaba la pedorra esa.

Manuel se revolvió incómodo.

—Va, calla.

—¡Pero si es verdad! ¡A lo peor yo también hubiera perdido la chaveta por una tía así!

—¡Que te calles, coño!

El grito fue claro. Demasiado. Incluso un par de personas sentadas en las mesas exteriores del bar volvieron la cabeza. Jonás levantó las cejas.

—¿A ti qué te pasa?

—Nada.

—Pues no te pongas así, tío. Solo era un comentario.

—Va, déjalo —miró más allá de él y de la plaza—. ¿Nos hacemos con un buga y damos una vuelta?

—Tú estás majara —se rio Jonás.

—Pues vale.

—¿Mangaste anoche uno? —preguntó expectante.

—Sí.

—La hostia… ¿Te lo montaste con Laura?

¿Laura?

No, la única que valía la pena era…

—No, solo di una vuelta —intentó apartarla de su pensamiento.

—Un día te pillarán.

—Voy con cuidado, y sé por dónde moverme para que no me pare la urbana. Doy un paseo, nada más. Y dejo el coche tal cual, ni me llevo nada. A veces incluso lo aparco en el mismo sitio —miró las estrellas del cielo—. Anoche…

—¿Qué? —Jonás le animó a seguir.

—No, nada —se mordió la comisura del labio y eso fue todo antes de decir—: Mira, ahí viene Lucas.

13

LA POLICÍA

Daniel Almirall se despertó con un poco de brusquedad.

Levantó los párpados de golpe.

Miró el reloj. Faltaban doce minutos para que sonara el despertador. Doce minutos menos de sueño. O doce minutos para...

Gloria dormía seráficamente.

Lo hacía de lado, vuelta hacia él, con los labios entreabiertos y un poco de humedad en la comisura inferior.

Daniel se la quedó mirando.

Sin saber cómo ni por qué, reapareció en su mente el cuerpo de la mujer muerta, con los pechos perfectos, el cabello negro, las manos de seda y, sobre todo, aquel sexo armónico y exuberante, tan lleno de promesas.

Suspiró.

Culpable.

Luego alargó la mano y apartó un mechón de pelo de la frente de Gloria.

Ella soltó un pequeño ronquido, como si lo hubiera notado.

Daniel levantó un poco el embozo de la sábana y contempló el cuerpo de su mujer, firme, todavía compacto. Dormía con braguitas y un camisón muy liviano, de seda. Tenía unos pechos grandes y turgentes. Unos pechos en los que hundir la mano, la boca. Sabía que la erección matutina era por la necesidad de ir al baño. Pero no se movió de la cama. Se acercó a ella y le lamió la humedad de la comisura del labio.

Gloria siguió tal cual.

Le acarició el pecho.

Nada.

Bajó por el vientre, hacia el sexo.

—Daniel…

No le hizo caso. Hundió la mano en la entrepierna buscando la forma de tocarle la vulva por encima de las bragas y excitarla.

—¿Qué haces? —farfulló ella.

—Nada.

—¿Quieres parar?

—No soy yo. Debes de tener una fantasía maravillosa.

—Eres tú, y me estás tocando el coño.

—Hace mucho que no lo hacemos por la mañana.

Gloria abrió un ojo.

Solo uno.

—Hace mucho que no lo hacemos ni por la noche, mira tú —susurró sin que por ello pareciera un reproche.

—Ven.

—No seas plasta, va —le apartó la mano.

—Venga, mujer…

—Que no —dijo alargando la última vocal.

—Gloria, cariño…

—¿A ti qué te pasa hoy? —abrió el otro ojo—. ¿Has tenido un sueño erótico o qué?

—Nunca tengo sueños eróticos —sonó a lamento antes de que lo corrigiera—. ¿He de tener sueños eróticos para querer hacerlo contigo?

—Venga, levántate, va —le empujó con las dos manos—. A mí aún me quedan diez minutitos.

Quemó su último cartucho.

—Uno rápido.

—¡Encima! ¡Venga ya! ¡Egoísta!

Batalla perdida. No tuvo más remedio que rendirse. Gloria llevaba dos o tres años muy reivindicativa. Ya era feminista de joven, pero ahora…

Bueno, cada día había más mujeres muertas.

Como la del Llobregat.

Si era un crimen machista…

—Te quiero —se despidió de ella con un poco de sorna.

—Yo no —volvió a cerrar los ojos Gloria—. Solo estoy contigo por tu dinero.

No le faltaba sentido del humor.

Daniel se puso en pie. Salió de la habitación y se dirigió al baño. Antes de llegar oyó el zumbido del móvil procedente de la sala y cambió el rumbo a pesar de que empezaba a sentir la urgencia de orinar.

Era el subinspector.

—Diga, Navarro.

—Buenos días, señor. ¿Le he despertado?

Casi. Pero no.

Ni siquiera había interrumpido un buen polvo.

—No, diga.

—Han encontrado al que le hizo el tatuaje a la mujer de ayer.

—¿En serio? —pareció no creer su suerte.

—La mayoría de esas tiendas está por el centro, en el casco viejo, a un lado y otro de la vía Layetana. Anoche Morales dio con el lugar. Le enseñó la foto a una chica y… ¡bingo!

—¿Lo hizo ella?

—No, su pareja. La chica reconoció el tatuaje porque es un diseño propio, pero no recuerda a la mujer muerta ni sabe cuándo pudo hacérselo. El dueño regresa hoy de viaje, dentro de una hora o dos, según el tráfico, porque viene en coche desde Madrid. Ella ya le ha telefoneado y vendrá directo a la tienda. ¿Le interrogo yo o quiere hacerlo usted?

—Iremos juntos —fue rápido.

Tampoco tenía una pista mejor. Ninguna persona desaparecida con los rasgos de la muerta, nada.

—¿Nos vemos en comisaría?

—Sí, hasta luego.

Hora de ponerse en acción.

Pero, primero, ir al baño.

Cuando llegó a él se encontró la puerta cerrada.

Y sabía que su hija no era de las que salía en cinco minutos.

14

EL POLÍTICO

Joaquín Auladell llegó a la alcaldía tan temprano que, por un momento, pensó que era el primero en aparecer por allí. Nada más entrar vio que se equivocaba.

Nuevos tiempos.

O, como había prometido el alcalde, liderando el partido independiente con el que habían concurrido a las elecciones para sanear la política municipal y luchar contra la corrupción, «un nuevo talante municipal».

«Nuevo talante municipal».

El lema le había parecido una idiotez, pero allí estaban.

Dirigiendo los destinos de medio millón de personas.

Y con un rosario de palabras elegidas como perlas seductoras para el electorado: «regeneración», «transparencia», «solidaridad», «lealtad», «dignidad», «corrección», «legalidad»…

Intentó llegar a su despacho de la manera más discreta, sin levantar mucho la cabeza para pasar desapercibido, pero le resultó imposible. Mariasun le cazó al vuelo nada más verle aparecer.

—¡Joaquín!

—Ah, hola, buenos días. Iba despistado.

—El alcalde quiere verte.

Lo sabía.

—Vale, gracias.

¿Por qué no le había ofrecido otra regiduría? Cultura, por ejemplo.

Todos querían cultura, lo más tirado.

En un mundo sin ella, se hiciera lo que se hiciera siempre era algo y parecía mucho.

En cambio urbanismo...

Había que tener la piel muy dura para eso.

No supo si entrar en su despacho o no, y finalmente decidió que no. Subió a la planta superior por la escalera, pensativo, angustiado, y trató de sonreír y parecer seguro cuando enfiló el pasillo que conducía a la zona más noble de la alcaldía. La secretaria de José Miguel le observó.

—Pasa, no hace falta que llames —le dijo.

El «nuevo talante municipal» incluía el tuteo general. Todos eran «compañeros». Todos iguales. Todos dedicados a un único bien común: la ciudad.

Joaquín Auladell se detuvo en la puerta y tomó aire.

¿Qué le pasaba?

¿Se estaba volviendo cínico?

Meses antes también él creía en todo aquello, la regeneración política, la limpieza, la lucha contra los malos hábitos del pasado, la recuperación del respeto propio para hacer las cosas bien y hacer que la gente volviera a confiar en los políticos.

¿Era pedir demasiado?

Abrió la puerta sin esperar una invitación después de golpearla con los nudillos un par de veces.

José Miguel Parcerisas levantó la cabeza.

—¡Ah, Joaquín, pasa, pasa!

Sobre el despacho, dos ordenadores, uno grande y el portátil. Y pese a ello, también había montañas de papeles. Muchos y de todos los colores. Por lo visto, poner en marcha una regeneración era más complicado de lo que todos habían pensado. Para limpiar una casa, primero había que abrir las ventanas, quitar el polvo, lavar a fondo, y luego empezar a trabajar.

En eso estaban.

José Miguel Parcerisas era un tipo legal.

Honesto.

—¿Qué hay? —llegó hasta la mesa y se sentó en la única silla que había frente a ella.

—¿Tú qué crees? —el tono era de fastidio—. ¿Cuánto llevamos aquí?

—Cuatro meses.

—Y todavía levanto una alfombra y me aparece una montaña de mierda de esa panda de cabrones…

—No te muerdas la lengua porque seas el alcalde, hombre —trató de parecer risueño.

—¡Si es que se creían que esto era el patio de su casa, Joaquín! —manifestó abatido—. No puedes llegar a imaginarte lo que aún va saliendo. ¿Te querrás creer que tu predecesor en el puesto se hizo arreglar el jardín de su chalé de Cunit con fondos municipales? ¡Le cargó eso a una partida de gastos para arreglar las vallas del parque después de aquella tormenta! ¡Y lo peor es la impunidad con la que lo hacían, tan panchos! Es alucinante.

—Sabíamos que no iba a ser fácil. Sobre todo tú.

—Pues se nos van a caer las pestañas.

—Apretaremos el culo.

Se sorprendió de su seguridad. Falsa pero oportuna. En las últimas horas le sobrevenían pequeños ataques de pánico. Otros eran mayores. Ahora trató de mostrar su lado más político, mantener la calma, aparentar una seguridad que estaba lejos de tener.

Se preguntaba todavía si el coche habría quedado limpio…

José Miguel Parcerisas miró a su regidor de urbanismo.

Se echó para atrás y se apoyó en el respaldo de la butaca.

—¿Cómo está el tema del complejo deportivo y la macrourbanización de las narices?

—No ha variado —su voz sonó aplomada—. Seguimos teniendo dos licitaciones muy parecidas que se destacan del resto. La de ADC es buena y la de Construcciones Villagrasa parece mejor.

—¿Tu opinión?

—Es mucha responsabilidad para que lo decida yo solo —evadió una respuesta directa.

—Pero acabas de decir que la de Villagrasa parece mejor.

—Sí.

El alcalde lo meditó.

No demasiado.

—Esto hay que decidirlo ya, Joaquín. Puede ser nuestra primera gran tarjeta de presentación. Con la maldita oposición encima... No vayamos a cagarla.

—El pleno es la próxima semana. Ya no falta mucho.

—¿Tendrás tu evaluación y los informes?

—Sí, claro.

—Al margen de que uno te parezca mejor, ¿te inclinarías por él de corazón?

—¿Qué quieres decir?

—Los de Construcciones Villagrasa no tienen muy buena fama.

—¿Qué constructor de hoy la tiene? Los de ADC no son mejores —mantuvo la calma de nuevo, la serenidad—. Los dos pueden cumplir los plazos, sin problemas. Hacer un proyecto de esta envergadura no está al alcance de cualquier empresa. Uno presentó un presupuesto irrisorio, con lo cual se deducía que los materiales tenían que ser... Otro se fue por las ramas. Al final acabas yendo a los profesionales de verdad. Si en otro tiempo pagaron comisiones a partidos o políticos me da igual. Todas jugaban a eso.

Él también jugaba sus cartas.

Y no lo hacía mal.

Podía influir, conseguirlo, aunque la decisión final no sería suya.

La imagen de Eva sobrevoló por un momento su mente y tuvo que apartarla como si fuera a morderle el alma.

José Miguel Parcerisas suspiró.

—Echamos a los de antes por corruptos, así que no podemos fallar con esto —insistió.

—Descuida —asintió Joaquín poniéndose en pie.

—Escudriña hasta el último resquicio de estas dos licitaciones, busca lo que sea, cualquier detalle sospechoso, habla con expertos para evaluar los materiales propuestos… No descanses hasta tenerlo todo controlado y seguro para el pleno.

—Ya lo he hecho. Pero volveré a hacerlo, tranquilo.

El alcalde fue sincero.

—No lo estoy. Estas cosas son demasiado gordas para estarlo. A fin de cuentas somos novatos y buscando la transparencia no quiero acabar en la invisibilidad o siendo pasto de esa panda de depredadores que esperan para saltarnos a la yugular.

—Voy a trabajar —se despidió Joaquín tratando de escapar del conato de retórica.

Los idealistas construían los valores del mundo sobre sus utopías, levantando sueños, para que los cínicos los manipularan y los convirtieran en lo cotidiano, la mera supervivencia y el egoísmo del día a día.

Si había vendido su alma al diablo por Eva, ¿qué importaba ya todo lo demás?

15

EL PADRE

Germán Romero cerró la puerta de su casa con llave. Dentro no había nada. No valía la pena robar allí. Pero le tenía miedo a los okupas. Algunas casas del barrio ya estaban llenas de chicos y chicas con pintas estrafalarias, *seudohippys* de la peor calaña, con rastas en el pelo o cortes desiguales, enormes pantalones de colores, camisetas satánicas, tatuajes infectos. Parecían gitanos, zíngaros, una tribu de desheredados. Incluso vivían diez o doce juntos, indecorosamente, en pecado. Le temía a la posibilidad de llegar un día a casa y encontrarse con gente dentro, creyendo que también estaba abandonada.

Su viejo, viejísimo coche se encontraba aparcado en la puerta.

Un lujo.

Nunca había querido desprenderse de él.

Toda la vida juntos, quizá como único destello de la existencia que siempre quiso tener y nunca pudo.

Se sentó en el asiento del conductor y abrió la ventanilla. Olía mal. A cerrado, sudor y mierda. Los perros defecaban en cualquier parte y luego siempre pisaba alguna de esas porquerías, impregnándolo todo. La tapicería estaba rota, había un par de latas de cerveza por el suelo, los asientos de atrás hacía años que faltaban.

Introdujo la llave de contacto y el motor rugió como los pulmones de un viejo fumador.

Al frente, siempre omnipresente, la torre del hospital de Bellvitge. El día menos pensado acabaría allí, en urgencias.

Escupió por la ventanilla y puso la primera.

La Manoli vivía cerca. A pie habría tardado apenas quince minutos, o menos. Pero mejor usar el coche. Más rápido. Más seguro. Más cómodo. La parte final, en cuesta, sin asfaltar, no era segura. Ya se había caído una vez. Si le tenía miedo a algo era a las caídas. Todos los viejos se rompían la pelvis a la que se descuidaban.

Bueno, él no era tan viejo.

Mayor.

Sí, eso, mayor.

La Manoli bien que gritaba cuando se la metía.

La muy...

Aparcó delante de su cuchitril y, tras asegurarse de que estaba libre, sin la señal de «ocupada» en la ventana, se santiguó, le pidió perdón a Dios por el pecado que iba a cometer y llamó a la puerta. Raro hubiera sido que tan temprano tuviera un cliente, aunque había gente para todo.

Como él.

Tuvo que llamar una segunda, y una tercera vez, antes de que ella le abriera.

—¿Tú? —se extrañó la mujer al verle.

—Sí, ¿qué pasa?

—¿Pero has visto la hora que es?

—Joder, ¿y qué?

—¡No me digas que vienes a follar!

—No, he venido a mirarte el contador de la luz —le dio por ponerse irónico—. ¿A ti qué te parece, que hago visitas de cumplido?

Acababa de levantarse, obviamente. Se había puesto por encima una descolorida bata que había visto tiempos mejores. Una bata que apenas si disimulaba la abundancia de sus carnes, los enormes pechos, la blancura de los muslos. Sin maquillar parecía mucho mayor, con arrugas en los labios operados y los ojos mortecinos.

Germán Romero pasó por su lado y se coló dentro.

—Coño, Germán, ¿qué pasa contigo? ¿Tanto te urge?

Se volvió hacia ella, irritado.

—¡Sí, me urge! ¿Pasa algo? ¡Lo necesito! ¿No se supone que una puta ha de recibir al cliente con cariño y ponerse melosa?

—¿A las nueve de la mañana?

—¡Desnúdate de una vez, que no tengo todo el día!

—¡Pero si tienes la invalidez permanente y no das golpe!

Pareció a punto de saltar sobre ella.

Violento.

Cerró los puños.

—¿Vamos a follar o qué?

—¡Que sí, pesado! ¡Deja que me lave!, ¿no?

La detuvo y le quitó la bata. La carne rosada del pecho brillaba.

—¿Para qué vas a lavarte? ¡Ven aquí! —la abrazó como un oso.

—¡No seas manazas! —intentó resistirse Manoli—. ¡Y tú sí que deberías lavarte! ¡Hueles a demonios! ¡Ay, me haces daño!

—¡Dime guarradas, joder!

—¡Pero si ni estás empalmado!

—¡Pues ponme a tono! —la obligó a arrodillarse y le presionó la cabeza contra los pantalones—. ¡Bájamelos, va!

Desde abajo, la prostituta lo miró con un primer atisbo de dolor.

Empezó a quitarle los pantalones.

—Germán…

—¡¿Qué?!

—A veces me das miedo —musitó ella mientras buscaba por alguna parte el sexo de su cliente.

16

EL HERMANO DEL PRESO

Manuel Salazar se despertó extrañado por la hora y por no tener ya más sueño. Era temprano. Demasiado temprano para él. Pensó en seguir en cama, pero acabó levantándose. Esta vez se puso calzoncillos.

Tampoco habría sido necesario. Su madre dormía.

La observó por la rendija de la puerta de la habitación.

Limpiaba oficinas de noche, cuando no había nadie. Fregaba suelos y quitaba la mierda de los retretes de los ejecutivos que ni se molestaban en subir o bajar las tapas antes de orinar. A veces ni tiraban de la cadena. Vaciaba papeleras, abrillantaba cristales, quitaba el polvo... Todo por una miseria y para llegar a casa muy de madrugada y acabar reventada en la cama.

Lo poco que ganaba solo servía para subsistir.

No para pagar deudas al banco.

Y el banco no tenía ojos ni cara, cuerpo ni alma. Solo ejecutaba.

Con un chasquido de dedos echaba a la gente a la puta calle.

Se lavó un poco, sin meterse en la ducha para no hacer ruido, y luego se puso los pantalones. Cuando se dirigía a la cocina a ver lo que pillaba para desayunar sonó el timbre de la puerta.

Se detuvo en seco.

Primero miró si su madre se había despertado.

No, por una vez parecía tener el sueño profundo.

Después pensó en la maldita vecina.

—Hija de puta… —masculló.

Abrió la puerta antes de que volviera a llamar y le cambió la cara al ver a Laura.

Allí, en su casa.

No supo ni qué decir.

Ella sí.

—¿Qué, he de venir yo porque tú ni contestas a los *whatsapps*?

Le brillaban los ojos. Estaba enfadada. Muy enfadada.

—No tengo dinero ni para recargar el móvil, ¿vale? —se defendió.

Laura pasó por su lado. Se dirigió directamente a la habitación de él. Una vez dentro se plantó en el centro y se cruzó de brazos. Manuel cerró la puerta y abrió la ventana para que se fuera el mal olor, aunque era lo que menos parecía afectar ahora a su visitante.

—Mi madre duerme, no hagas ruido, por favor —la previno.

Despertarla era lo de menos en el fondo. Lo que no quería era que viera a Laura allí.

Los ojos de Laura pasaron del brillo a la humedad.

Contuvo las lágrimas.

—¿Se puede saber qué pasa contigo?

—¡Nada!

—¡Solo me llamas cuando estás desesperado o no sabes qué hacer! —le gritó en voz baja—. ¡Eres un cerdo!

—Que no es eso —abrió las manos para ser más vehemente—. Es que he estado liado.

—¡Y una mierda! ¡Lo que pasa es que te ha vuelto a dar!, ¿verdad?

—¿Darme el qué? —preguntó imprudentemente.

Laura le mostró las uñas.

—¡Eva!

—No jodas, va —se dio la vuelta.

—¡Mírame cuando te hablo!

—¡Ya te miro! —volvió a enfrentarse a su ira.

—¡Sigues enamorado de ella!

—¡Que no, coño, que ni la veo!

—¡El otro día me dijeron que te habían visto en su calle, merodeándola!

—¿Quién me vio? —se puso en guardia.

—Diana.

—¿Esa? ¡Pero si esta loca y es una…!

Laura empezó a venirse abajo.

—Por Dios, Manu, era la novia de tu hermano y los dos sabemos que él está en la cárcel por su culpa.

—Eso no es verdad —intentó una defensa inútil.

—¡Se metió en ese fregado por ella, por dinero, para tenerla contenta y que no se le escapara! ¡No es más que una puta cara!

Le fastidiaba que hablara mal de Roberto, pero más de Eva.

—¿Quieres dejar de decir burradas? —jadeó al borde de la ira.

Laura se dirigió a la puerta, también al límite.

—¿Sabes qué te digo? Que te vayas a babearle a ella, como un idiota inmaduro. Se acabó.

—Laura, espera —trató de retenerla.

Fue inútil. La chica salió de la habitación, enfiló el corto pasillo y abrió la puerta del piso. Manuel temió el portazo, así que corrió tras ella para evitarlo.

Lo consiguió.

Laura bajaba la escalera convertida en una moto.

Si lloraba, lo hacía en silencio.

Cuando cerró la puerta y se dio la vuelta, se encontró a su madre, en bata, en mitad del pasillo.

—Ay, hijo… —empezó a gemir la mujer.

Manuel Salazar evitó que siguiera hablando.

—¡Mamá, no me rayes tú también!, ¿vale?

Ya que estaba despierta, él sí dio un soberano portazo al encerrarse en su cuarto.

17

EL PRESO

Roberto Salazar no encontraba al Perlas.

No le había visto desde la mañana anterior, cuando le pidió que anulara el encargo y el preso se fue a la cola del teléfono para llamar a su contacto.

El maldito ejecutor.

Habían pasado veinticuatro horas. Decisivas.

El Perlas no estaba en el patio.

—No, no, no… —se asustó aún más de lo que ya lo estaba el día anterior.

Encontró a uno de los que compartía celda con él. Un simple chorizo apodado Messi porque era bajito y hablaba poco. Lo suyo eran las estafas. Se montaba películas increíbles para sacarse unos euros y raramente le funcionaban, pero insistía. Entraba y salía de la cárcel como si tal cosa. Y siempre decía que un día daría el pelotazo. Siempre.

Mientras tanto…

—¿Sabes dónde está el Perlas?

En la cárcel todo tenía un precio. Nadie daba algo por nada.

El Messi lo miró de arriba abajo.

—¿Te conozco?

—Ya sabes que sí, hombre. Venga ya.

—¿Para qué lo quieres saber?

—Tenemos algo juntos.

—Ah.

—¿Sabes dónde está o no?

—Sí.

—¿Y vas a decírmelo?

—Dame tabaco.

—No fumo.

—¿Qué mierda de tío eres que no fumas?

—Oye, esto es bueno para el Perlas. Como sepa que no has colaborado se va a cabrear.

Lo consideró. Tampoco era demasiado.

—Está en la enfermería —dijo.

—¿Qué le pasa?

—No sé, taquicardia o algo así. Creo que lo van a tener un par de días en observación.

Ni siquiera le dio las gracias. Se apartó de su lado conmocionado. La pregunta era saber si la taquicardia le había dado antes o después de la llamada.

Roberto Salazar también sintió taquicardia.

De vuelta al sudor frío.

«En estas cosas no hay vuelta atrás. Ya contacté con el tipo».

La voz del Perlas rebotaba por su cabeza.

«Estas cosas son serias, amigo. Cuando se da una orden o se hace un encargo, se hace y punto. Luego no se pierde el tiempo. A estas alturas el trabajo ya debe de estar hecho, ¿vale?».

No se lo pensó dos veces, fue al muro, cerró los ojos y se rascó el antebrazo izquierdo con la pared. El escozor fue vivo e inmediato. La sangre empezó a manar por un pequeño sinfín de puntitos. Fingiendo más dolor del que sentía se fue directo al guardia de la puerta.

—He de ir a la enfermería. Me he caído.

El uniformado le examinó la herida. No cambió su expresión en lo más mínimo.

—Pasa.

El camino era breve, aunque con dos controles más. Cuando llegó a la enfermería vio dos camas ocupadas. En una de ellas estaba el Perlas, tan tranquilo. Leía una revista del corazón.

—Espera, ahora te atiendo —le dijo el enfermero, ocupado haciendo un informe o algo parecido.

Roberto Salazar fue directo a su objetivo.

Cuando el Perlas le vio, se puso pálido.

—¿Qué haces aquí? —cuchicheó.

—¡Tenía que verte! ¿Hablaste con el tipo?

—¿Estás loco?

—¿Lo hiciste?

El Perlas miró en dirección al enfermero. Calma. Nadie había organizado una revuelta ni una fuga en mucho tiempo. La enfermería era terreno neutral.

—¡Te lo dije! ¡Ya era tarde! ¡El trabajo estaba hecho!

A Roberto se le doblaron las piernas.

—No jodas —tragó saliva.

—¡Tío, aclárate! —bajó aún más la voz—. ¡Esas cosas son serias, y un profesional es un profesional! ¡Si se le da una orden y se le paga, se cumple y adiós, rápido y fácil!

Rápido y fácil.

Se le hizo un nudo en el estómago.

«Trabajo hecho».

¿En qué había estado pensando?

¿Tanto la odiaba?

O mejor dicho… ¿tanto la quería?

A pesar de todo.

Cerró los ojos y vio a Eva, sonriendo, exuberante, feliz. La Eva del comienzo. Su Eva. Antes de que todo se torciera.

—Bueno, veamos qué te ha pasado —escuchó la voz del enfermero a su lado.

18

EL CONSTRUCTOR

Florentino Villagrasa en quien pensaba era en Joaquín Auladell.

Nunca tanto había dependido de una sola persona.

Pero no se atrevía a llamarle.

Demasiado riesgo.

Luego, como por arte de magia, si pasaba algo, aparecían grabaciones por todas partes y se convertían en carnaza de los medios.

Aunque, ¿por qué tenía que pasar algo?

Estaba limpio.

No era estúpido.

Nunca lo había sido, ni en los tiempos en que todo el mundo untaba a todo el mundo.

Comprobó el móvil. Le había quitado el volumen. Bastaba con oírlo vibrar. En diez minutos tenía una reunión con los aparejadores para ver una obra menor. Menos de medio millón de euros. Calderilla.

Aunque, en otro tiempo, muchas obras menores le habían dado el colchón y la solidez necesarias para crecer y llegar a ser el que era ahora.

Se disponía a examinar el correo electrónico cuando llamaron a la puerta.

—¿Sí?

Su secretaria metió la cabeza por el hueco, sin entrar.

—Le llaman al teléfono, señor. Por la uno.

—¿Quién es?

—No lo ha dicho, pero ha mencionado que es urgente.

—Pues le dice…

—Es una chica, y parece nerviosa.

Ágata era discreta. Llevaba con él ocho años. No tenía demasiados secretos y ella cumplía, le respetaba y no se metía en líos. Tampoco él.

Prefería la estabilidad.

—De acuerdo, gracias.

La secretaria lo dejó solo y él levantó el auricular del teléfono.

¿Por qué llamaba al fijo y no a su móvil?

—¿Sí?

—¿Dónde está Eva?

Reconoció la voz de Carlota.

Y también su tono, nervioso, alterado, como le acababa de decir la perspicaz Ágata.

—No sé dónde está Eva —bajó el tono.

—Vamos, Florentino…

—¿Por qué he de saberlo yo?

—¿Me estás vacilando o qué?

—No sé nada de ella desde hace días.

Al otro lado del hilo telefónico la mujer pareció tomárselo a broma, aunque revestida de amargura.

—Oye, va, que soy yo —le dijo—. ¿O crees que Eva no me cuenta las cosas?

—¿Qué te ha contado? —se envaró.

—Había quedado con ella ayer y no se presentó. La estoy llamando desde entonces y no contesta. He ido a su piso y no está. ¿Qué quieres? ¡Has de saber dónde para y por qué parece haber desaparecido!

—Pues no lo entiendo —aseguró.

—Como le hayas hecho algo…

—¡Eh, eh! —saltó como un resorte—. ¿Qué quieres que le haya hecho yo? ¿Estás loca?

—¡La amenazaste con echarla a la puta calle y contárselo todo a Auladell si no le presionaba de una vez!

—¡Eso no es verdad! —empezó a sudar sin poder evitarlo.

—¿Que no es verdad? ¡No se puede enviar a un pirómano para que apague un fuego! ¿Y si resulta que le gusta qué?

El sudor se convirtió en un estremecimiento.

—Mira, Carlota, ya vale… —intentó serenarse y calmar a su interlocutora—. No sé dónde está Eva, te lo juro. Yo también la estoy buscando.

—Qué cabrón eres… —exhaló la voz de la mujer al otro lado.

—No te pases ni un pelo —le advirtió.

—¿Ah, no? ¿Ya sabe tu mujercita cómo haces los negocios?

—¡Cállate!

No hubo más. Solo una despedida lacónica y directa.

—Vete a la mierda.

19

LA POLICÍA

Daniel Almirall y Víctor Navarro entraron en la pequeña tienda de *tattoos* en el momento en que una chica tatuada casi al completo hablaba con una adolescente de unos dieciséis o diecisiete años que llevaba el brazo izquierdo envuelto en papel de plástico

—Y recuérdalo porque es importante —la prevenía con un dedo casi amenazador—. No tomes el sol durante el próximo mes, y si puede ser más, mejor. Los rayos UV son ahora tu peor enemigo. Pueden dañarlo. En algunos casos de tatuajes más grandes eso llega incluso a los dos o tres meses, pero con el tuyo no será tanto. Eso sí: lávalo varias veces al día con agua y jabón y aplícate la crema en abundancia. A fin de cuentas esto no deja de ser como una herida que ha de cicatrizar, y no hay una piel igual a otra. Unas lo aceptan todo y otras sangran. Contrólatelo y ya está. Usa solo Bepanthol, ¿vale? Es la usual en las quemaduras, aunque también se usa mucho en bebés. Cualquier cosa, te vienes.

—De acuerdo —la adolescente parecía impresionada.

—Te ha quedado muy bonito. Lo vas a lucir de coña —la animó la tatuada después de leerle la cartilla de advertencias—. Diles a tus compis que se animen y se pasen.

—No todos los padres son como el mío —manifestó la chica.

—No, claro. Aún hay gente antigua que no entiende que el

cuerpo humano es como un lienzo para pintar y llenar de color y de vida —lanzó una mirada de soslayo a los dos trajeados visitantes que esperaban en la puerta.

—Sí, claro. Pues... vale, gracias.

Se dieron dos besos en las mejillas y la adolescente los dejó solos.

—Hola —les sonrió la tatuada aun sabiendo que eran policías—. ¿Venís por lo que me contó el agente anoche?

—Sí.

—Aviso a Draco. Acaba de llegar.

Desapareció detrás de una cortina. El lugar era angosto, apenas tres metros de fondo por dos de ancho. En el escaparate, muestras de los trabajos que podían solicitarse. En el interior, fotos de roqueros famosos y de personas anónimas, con el denominador común de haber convertido sus cuerpos en «lienzos llenos de color y de vida», como había dicho ella de manera orgullosa.

Reapareció acompañada de un hombre no menos tatuado. Los dos parecían hermanos de exhibicionismo y pintura, desde el cuello a los pies. En el caso de ella, además, llevaba muy poca ropa, un top y una minifalda. No era guapa, pero sí pintoresca.

—Hola, soy Draco —les tendió la mano.

—Inspector Almirall, subinspector Navarro.

—Tanto gusto. ¿Quieren pasar?

Les abrió la cortina. Al otro lado vieron el taller, o como lo llamaran. Una camilla, una mesa, agujas, botes de tinta de colores y un impresionante atrezo complementario, amén de más retratos y fotografías por las paredes. El tatuador se sentó en la camilla. A ellos les señaló dos sillas. Su compañera se quedó en la tienda.

—Buscamos a la mujer de este tatuaje —Daniel le mostró la foto de la nalga de la muerta yendo directo al grano—. ¿Puede decirnos algo de ella?

—Bueno, recuerdo el tatuaje, no porque fuera especial o una maravilla, sino por la persona a la que se lo hice, claro —fue sincero.

—¿Por qué?

—Era una belleza —expresó admiración distendiendo la cara—. Alta, guapa, con una piel de seda, un cuerpo increíble… Miren, cuando trabajo, haga donde haga el *tattoo*, me concentro en lo mío. Creo arte sobre un cuerpo humano y, como todo artista, mi firma está en ello. Pero esa mujer… Imposible olvidarla, ¿me comprenden?

—¿Sabe su nombre?

—No, lo siento.

—Mientras trabaja, ¿no habla con los clientes?

—No es usual, aunque a veces ellos o ellas sí lo hacen. Yo, a lo mío. Acabo, pagan y se van, salvo que sea un *tattoo* muy artesanal, de los que requieren varias sesiones. Eso es otra cosa. En el caso de esa mujer fue cuestión de una hora y listos.

—¿Recuerda si pagó en metálico o con tarjeta de crédito?

—En metálico. No usamos plástico.

—¿Cuándo se lo hizo?

—Hará cosa de cuatro o cinco meses, no estoy seguro. Me dijo que pasaba cada día por delante, veía los *tattoos*, y que al final se había decidido. Yo incluso intenté convencerla de que se hiciera algo más de lujo, en la espalda, la ingle, un pecho… Pero no, lo tenía claro. Buscaba solo una marca, un distintivo, algo sencillo.

—¿Ha vuelto a verla?

—Bueno, ese día, al irse, me quedé en la puerta viéndola marchar. ¿Qué quiere que le diga? Uno se cuelga de mujeres así. Se metió en el bar que hay un poco más abajo. Cuando salí, seguía allí, en la terraza, sentada a pesar de lo que acababa de hacerle, aunque era en la parte superior de la nalga, tomando algo y leyendo. Me pareció que el camarero la saludaba, aunque posiblemente fuese como yo, que se hacía el simpático. Oigan —dejó de hablar de manera distendida mostrando un poco de impaciencia—. ¿Por qué la buscan? ¿Y cómo tienen esa foto de… su trasero?

—No podemos contarle eso, lo siento.

—Claro, claro —lo comprendió sin que por ello menguara su inquietud.

Parecía un buen tipo, pelo largo por atrás y corto por encima, camiseta holgada sin mangas, pantalones de combate, pulseras, *piercings* en las orejas… En un brazo lucía una especie de Pasión de Cristo con todos los pasos. En el otro, mujeres desnudas en todas las posiciones. Faltaba ver lo que debía de lucir cuanto menos en la espalda.

Quizá un dragón alado o un Lucifer en su esplendor.

—Gracias por todo —dio por terminado el interrogatorio Daniel.

Víctor Navarro no se cortó.

—¿Lo de Draco es por el personaje de Harry Potter?

—No, no. Me llamo David Ramis Acosta. Fue para simplificar y mucho antes de que se hiciera famosa toda esa serie.

Los acompañó a la puerta y salieron a la calle. La compañera de Draco les lanzó una última y penetrante mirada, sobre todo a Víctor.

Él, incluso, se puso rojo.

—Ha dicho que pasaba cada día por delante de la tienda —dijo dando los primeros pasos por la calle—. Quizá trabajase por aquí cerca.

—Lo bueno es que no pasaba desapercibida —convino Daniel.

El bar quedaba a unos veinte o veinticinco metros, haciendo esquina con la plaza. Un puñado de personas ocupaba las mesas exteriores aprovechando el buen tiempo y el sol. Los ociosos que cualquiera se preguntaba de qué vivían. Se dirigieron al primer camarero que encontraron, un hombre joven de veintipocos años. De todas formas, parecía ser el único además de los dos de la barra.

El camarero miró la placa y se puso tieso.

—Buscamos a una mujer morena, alta, guapa. Puede que venga a veces a tomar algo. El de los tatuajes de más arriba dice que la ha visto sentada aquí.

—Ya sé de quién hablan —asintió—. Eva.

—¿Eva qué más?

—Ni idea. Se lo pregunté un día y fue lo único que me dijo. Era simpática, pero guardaba las distancias, claro.

—¿Venía sola?

—Sí, siempre. Y tampoco es que lo hiciera cada día. Una o dos veces por semana.

—¿Desde hacía mucho?

—No sabría decirle. Yo llevo trabajando aquí cinco meses.

—¿Cuándo la vio por última vez?

Hizo memoria.

—Hará una semana, puede que menos.

—¿La vio como siempre?

—¿Qué quiere decir?

—Si estaba feliz, triste, alterada, pensativa…

—Normal, sí —hizo un gesto con la mano derecha—. Bueno, ese día hablamos un poco más porque llevaba una bolsa de esa tienda de ropa de ahí —señaló más abajo, al otro lado de la plaza—. Le pregunté si era algo bonito y me dijo que sí. Pero eso fue todo.

—Gracias.

No pudieron evitar la pregunta.

—¿Le ha pasado algo malo?

Nadie preguntaba si la persona «había hecho algo malo». Siempre se ponían en lo peor.

Cruzaron la plaza. La tienda era pija, cara, con ropa extrema, colorista, provocativa y de talla minúscula. Solo adolescentes, jóvenes o mujeres de cuerpos cultivados en el gimnasio podían comprar algo en ella. La dependienta también iba a tono, alta, espigada, pecosa, con grandes ojos maquillados en exceso. Iba sin sujetador y la blusa resultaba muy liviana. Por la corta falda asomaban unas piernas largas y ligeramente combadas, de rodillas huesudas y poca carne.

La placa de policías también la impresionó.

Tuvieron que contener el deseo de exteriorizar su alegría cuando ella les dijo:

—Sí, sí, la recuerdo. Ha venido dos o tres veces ha comprar algo estas últimas semanas. Todo lo que se pone le sienta... —su tono era de total admiración—. Por lo general se lleva ropa muy sexi, para lucir cuerpo. Ya que puede...

—¿Hablaban mucho?

—No, nada. Iba muy al grano. Ni siquiera sé cómo se llama. ¿La están buscando por algo?

—Sabemos que la última vez que estuvo aquí fue hace una semana o menos —Daniel obvió la pregunta.

—Sí —movió la cabeza de arriba abajo sin preguntar cómo lo sabían.

—¿Pagó con tarjeta o en metálico?

—Tarjeta.

Por segunda vez, mantuvieron el tipo.

—Necesitamos ver el comprobante, por favor.

—Bueno, van al banco.

—Si fue hace una semana o menos, puede que aún los tengan aquí. Además, el banco les manda después un registro de los cobros. Y a veces las tiendas llevan un listado de clientes, ¿no es así?

—¿Quieren que busque...?

—Sí.

Pareció desalentada, pero les obedeció. Tampoco había nadie más en la tienda.

—¿Saben algún dato de ella, para no tener que mirar tanto? Lo que se llevó tiene mucha salida y habrá una docena de recibos de tarjetas.

—Su nombre es Eva —dijo Daniel en presente, no en pasado.

Algo era algo.

Tampoco tardó demasiado.

Víctor miraba la ropa, quizá imaginándola en el cuerpo de su

86

novia. Daniel estaba concentrado en la dependienta, para que no se despistara. Bastaron tres minutos de escrutinio.

—¡Vaya, aquí está! —cantó victoria la chica. Y pronunció el nombre que abría de lleno la investigación—: Eva Romero Santolaria.

SEGUNDA PARTE

LA INVESTIGACIÓN

20

Daniel Almirall lo sabía.

Tenía que ponerse al día en cuestiones de la Red.

Por suerte, Pere Mateos era un lince.

—¿Cómo es posible que no tenga Facebook, ni Twitter ni Instagram, inspector?

—¿Qué pasa, hay que estar zumbado, como todo el mundo?

—No, pero...

—¿Pero qué?

—Nada, nada —el cerebrito informático levantó las dos manos como si se rindiera.

—Alguien tiene que odiar esas cosas, ¿no?

—Está en su derecho —asintió.

—¿Puedes darme información de ella o no?

—Eva Romero Santolaria —repitió el nombre—. Si está en la Red, que seguro que sí, chupado.

Le costó decirlo, pero lo hizo.

—De paso cuéntame cómo lo haces.

Intentó no ver el gesto de satisfacción y suficiencia del agente.

—Un perfil de Facebook puede ser real o inventado, con un avatar, ¿comprende? No es obligatorio poner gustos ni edad, aunque la mayoría de personas sí suelen poner la fecha de nacimiento y así les felicitan por su cumpleaños o reciben avisos de cuando sus amigos cumplen. Algo obligado es poner la imagen de perfil, así se identifica cada vez que hace un comentario. Esa foto es la más importante. Cuando alguien entra en tu cuenta lo primero que ve es la portada, el muro. Una cosa que sí considera esencial Facebook es el lugar de residencia. Ahí te tienen ubicado... o lo que es lo mismo: pillado. Ese dato acaba formando parte de los dichosos algoritmos publicitaros. A fin de cuentas Facebook se nutre de información. Obtiene su servicio a cambio de datos personales que utiliza en sus propias acciones de *marketing*. ¿Me va siguiendo?

No. O sí. Tampoco estaba muy seguro.

—¿Podemos mirar ya si Eva Romero está ahí?

—Ahí chocamos con la privacidad —quiso aclararle Pere Mateos—. Es una cuestión importante. No tiene el mismo acceso a una cuenta un «amigo» que ella ha aceptado previamente, que alguien que simplemente quiera curiosear. Cada cuenta tiene niveles de privacidad distintos. Si nuestra chica es muy celosa de su intimidad...

—O sea que no se puede ver la mayor parte de contenidos de su muro, o como se llame, si no estamos registrados como amigos.

—Exacto. Y lo mismo sucede en Instagram. Uno puede subir imágenes propias, personales, casuales o íntimas, y no todo Dios tener acceso a ellas. Intentas entrar y te dice «Esta cuenta es privada».

—¿Pero y los famosos que dicen que tienen veinte millones de seguidores en Instagram o en Twitter o...?

—Twitter es libre. Cualquiera puede ver lo que se publica. Es una red más dedicada a las palabras que a las imágenes. Lo único restringido en Twitter son los comentarios directos. Solo se puede entablar una conversación privada con otra persona cuando los dos se siguen mutuamente y abren un canal privado —hizo un alto—. Volviendo a su pregunta de los seguidores en Instagram, los famosos dejan de sentirse «privados». Quieren que todo el mundo vea lo que hacen. Puro exhibicionismo.

—De acuerdo, vale —Daniel se cansó de la clase teórica—. Si Eva Romero está ahí, ¿no hay forma de abrir en canal su Facebook y su Instagram?

—Vamos a ver —Pere Mateos disfrutaba con lo suyo—. Si le digo que soy un *hacker* y soy capaz de hacer maravillas, igual luego me detiene.

Inició la búsqueda.

Primero, Facebook.

Eva estaba ahí.

—Eva Romero Santolaria, veintitrés años…, bueno, cumple o cumplía veinticuatro en dos semanas —rectificó—. Modelo, azafata… Aficiones: oír música, bailar, viajar, salir de noche, ir al cine… Mire, la siguen mil veintisiete personas, y no me extraña —silbó—. Por Dios, qué guapa. Ella solo sigue a cincuenta y dos.

—¿Es mucho o poco?

—Mil y pico para ella es poco, teniendo en cuenta que es un bellezón. Que ella siga a cincuenta es lo de menos.

No había nada relativo a estudios, pasado… Lo único, que vivía en Barcelona.

Ninguna dirección.

Ningún indicio de padres, hermanos…

—Si era modelo, ¿no aparece el nombre de la agencia que la llevaba?

—Aquí no hay nada. ¿Miramos en Instagram?

No esperó a que Daniel le dijera que sí.

Esta vez, la suerte fue mucho mejor.

—No hay privacidad —dijo el informático.

—¿Ninguna?

—Mire, todas las fotos que quiera. Y encima con comentarios.

Se sentó a su lado y empezó el lento examen de las imágenes.

Todo un lujo visual. Eva riendo, Eva luciéndose, Eva posando, Eva sexi, intensa, preciosa, provocativa, sensual, erótica...

Pere Mateos también dijo la palabra.

—Puro morbo, ¿eh?

Daniel no le contestó. Los pies de foto eran sugerentes: *Hoy me he levantado con esta pinta*, para una en la que se suponía que estaba desarreglada y despeinada aunque lo que hacía era provocar; *El espejo me odia*, para otra con cara de haber pasado una noche loca; *Me gusta la arena caliente*, para una en la que estaba tumbada boca arriba, en la playa, con un minúsculo bikini; *Hoy cumplo 23*, soplando un simple dónut; *Bésame, tonto*, con los labios casi pegados a la cámara; *Mmm...*, para una más en la que estaba lamiendo un helado de chocolate igual que si estuviera haciendo una felación...

Había más de cien fotos.

Sin desperdicio.

Aquel cabello negro, los ojos grises, los labios húmedos, la boca exuberante, los dientes blancos, la nariz recta, la barbilla redonda, los pómulos suaves, la frente despejada...

Y el cuerpo.

Pecho, brazos, manos, piernas, muslos, pies, cintura.

Sus bikinis, su ropa ligera, sus vestidos de noche, sus tops, sus bodis, sus pantaloncitos...

—¿Se da cuenta de un detalle? —le preguntó de pronto Pere Mateos interrumpiendo y cortocircuitándole la mente.

—¿De qué?

—Está siempre sola.

Cierto, no había nadie más en ninguna imagen.

Aunque detrás de cada una de ellas, hubiera una cámara o un móvil y una mano que los disparaba.

—Puedo analizarlas todas a fondo si quiere —se ofreció el informático.

—De acuerdo —Daniel se echó para atrás intentando dejar de

verla—. Y mira también en Twitter, por si encontraras algo significativo.

—Hecho —se animó por el encargo.

Daniel se levantó. Se dio cuenta de lo aturdido que estaba cuando Víctor Navarro apareció a su lado y tardó más de tres segundos en reaccionar.

—¿Qué?

—Le digo que ya tengo sus señas. ¿Vamos?

21

Cuando detuvieron el coche, miraron tanto la casa como la zona, desconcertados.

—¿Está seguro de que es aquí? —preguntó Daniel.

—Como no haya otra que se llame igual... —vaciló Víctor.

—No me imagino a esa mujer viviendo en este cuchitril.

—No, desde luego que no encaja, pero...

Bajaron del coche. Una moto pasó cerca de ellos, petardeando, soltando humo y dejando un reguero de polvo trás de sí. Daniel siguió contemplando la casa. Víctor paseó su mirada más allá, por la degradación del lugar y la omnipresente torre del hospital de Bellvitge a unos pocos cientos de metros. Obviamente la especulación aún no había llegado hasta allí.

Ningún plan urbanístico iba a mejorar, cambiar o arrasar todo aquello.

No había timbre. Daniel llamó a la puerta con los nudillos.

Después del tercer intento acabó poniendo el oído en la madera.

—Nadie —dijo con un deje de frustración.

—¿Y si está abandonada?

Se acercó a una de las ventanas. Sin cortinas, le fue fácil atisbar el interior.

—No, aquí vive alguien.

Regresaron al coche y miraron calle arriba y calle abajo. Dos casas más allá vieron a una mujer tendiendo ropa en un pequeño patio lateral. Ella también los miraba a ellos, desconfiada. Y más lo hizo cuando se le aproximaron.

No tuvo más remedio que esperarlos, brazos en jarras, ceño fruncido. La cara no le cambió en lo más mínimo cuando le enseñaron las credenciales y le dijeron que eran policías.

Ni abrió la boca.

Lo hizo Daniel.

—Buscamos a Eva Romero —dijo en tono conciliador.

—¿Eva? —pareció que le hablara de un marciano—. Ya no vive aquí.

—Es una mujer alta, morena, muy guapa…

—Sí, sí, Eva. Sí.

—¿Tiene familia?

—Su padre. Él sigue ahí —señaló la casa con el mentón.

—¿Sabe dónde trabaja?

—¿Ese? —una evidente ironía envolvió la palabra—. ¡Qué va a trabajar, por Dios! ¡Menudo es!

—¿Le conoce bien?

—¡No! —se estremeció como si le hablara del diablo—. Ni siquiera se me ocurriría cruzar una palabra con él. ¡Está loco! Le tengo ahí —volvió a señalar la casa— y es suficiente. Todo el barrio sabe que es un borracho y que vive del cuento. Se buscó no sé qué de una invalidez para no dar golpe.

—¿Sabe dónde vive Eva, señora?

—No —hizo la pregunta obligada—: ¿Para qué la buscan?

—No puedo decírselo.

—¿Ah, no? Pues vaya.

—¿Qué puede decirnos de ella?

—¿Qué quieren que les diga? Pues que es muy guapa y que eso, a veces…

—¿A veces qué?

—Pues que es una perdición —fue muy directa—. Cuando vivía aquí lo revolucionaba todo. La calle entera era una colmena de chicos rondándola. Parecía un bote de miel atrayendo a las moscas.

—¿Hace mucho que no la ve?

—No lo recuerdo —plegó los labios en una mueca—. Yo bastante tengo con lo mío, ¿sabe? No me paso el día fisgando por la ventana. Imagino que a veces visita a su padre a pesar de todo.

—¿A pesar de todo?

Era de las que había que írselo sacando todo palabra por palabra, a cuentagotas. Por lo menos Daniel tenía experiencia en eso, en ser paciente, sin avasallar.

—Bueno, se peleaban y eso —el nuevo gesto fue de desagrado, como si le costara contárselo—. Los últimos meses que Eva vivió aquí, cuando tenía dieciséis o diecisiete años, fueron... —movió la mano derecha arriba y abajo—. Hasta el día que le acuchilló.

—¿Eva acuchilló a su padre?

—Sí, sí.

—¿La detuvieron?

—No, él no puso denuncia. De todas formas estaba borracho como siempre. Eva ya no pudo más y se marchó, no sé si al día siguiente o a los pocos días, pero se fue. Luego estuvo mucho sin venir —otro gesto más, de resignación, antes de concluir—: De todas formas era su padre, borracho o no. Me contaron que la habían visto un día, y después la vi yo misma, entrando o saliendo de la casa, ya muy mayor, elegante, guapa.

—¿Y la madre?

—Esa es otra historia, señor —manifestó con amargura.

Ni Daniel ni Víctor dijeron nada. Solo esperaron.

La vecina lo comprendió.

—Miren... —tomó aire como si fuera a contar la Biblia—. Renata fue la que se quedó embarazada de él. Ella era la que vivía aquí, en la casa. Ya era mayor, tuvo una vida difícil y muy mala suerte. La guinda fue enamorarse de Germán.

—¿Se llama Germán?

—Sí, sí —continuó—. La dejó preñada y cometió el error de casarse, por aquello de darle un padre a la criatura, o por miedo de estar sola. Pero ella ya era una mujer frágil, con la cabeza del revés, subidas, bajadas, depresiones y todo eso. Contraer matrimonio no fue la mejor de las ideas, más bien todo lo contrario. Creo que los malos tratos empezaron de inmediato. Para Germán verse casado debió de ser algo así como meterse en una trampa. Y para Renata volver a un suplicio. Se sintió la víctima. Como si todo estuviera en contra de ella. Entonces, lejos de entonar el *mea culpa* por su error, o comprender que su marido era un mal bicho, a quien responsabilizó fue a la criatura, a su propia hija.

—¿Qué hizo?

—Pues rechazarla.

—¿No quería a Eva?

—No —suspiró la mujer—. No la atendía, no le hacía caso… Empezó a beber, lo mismo que Germán, y acabó en un hospital psiquiátrico, encerrada, primero un poco, luego mucho más, y al final… Nadie puede escapar de su pasado, ¿saben?

—Antes ha dicho que tuvo una vida difícil, mala suerte y que se sentía una víctima —recalcó Daniel.

—Su padre abusaba de ella —lo dejó caer como una pesada losa—. Ahí, ahí mismo —otra vez señaló la casa—. Violencia y abusos. Cuando aquella mala bestia murió, fue una liberación. Yo era una cría entonces, pero lo supe más tarde. Al casarse con Germán reapareció todo, la violencia, los malos tratos, quién sabe si los abusos, y ya con Eva… Renata acabó hundida en la depresión y cuando no pudo más se quitó la vida.

—¿Se suicidó?

—Sí, en el hospital, en un descuido.

—¿Eva se quedó entonces sola con su padre?

—No, imposible. Se hizo cargo de ella la abuela materna. Por lo menos hasta que la pobre mujer también murió. Entonces sí, volvió a vivir con el padre porque no le quedaba nadie más. Ya tenía trece o catorce años.

Era como abrir un armario sin saber qué había tras las puertas, y de pronto verse sepultado por todos los fantasmas escondidos en él.

—¿No sabe dónde puede estar su vecino? —preguntó Daniel.

—No.

—Hemos de hablar con él urgentemente.

—Pues no lo sé. Lo siento. Ni siquiera tiene el coche en la puerta, así que lo habrá cogido.

—¿Tiene coche? —le pareció extraño después del cuadro que acababa de pintarle.

—Un trasto viejo, pero según parece lo quiere mucho. Lo guarda como una reliquia aunque no lo conserve demasiado. Eso sí, como algún chico del barrio se le acerque… Uno le pintó un día con el dedo en el polvo algo de que lo limpiara, y la emprendió a pedradas. Luego vinieron los padres y se las tuvieron, claro. Hasta hubo que avisar a los *mossos*.

—¿Y Eva no tenía a nadie por aquí, una amiga…?

—Sí, Miriam —asintió—. Vivía más arriba, fuera del barrio, en una casa de ladrillos rojos. Iban siempre juntas. Claro que ya no sé si aún sigue ahí. Cuando Eva se fue, dejé de verla.

—¿Sabe el apellido?

—No, solo Miriam —apuntó con el dedo índice en dirección a la montaña—. No tienen pérdida. Tiren por ahí hasta el final. La verán enseguida. Miriam y Eva eran tal para cual, se avenían mucho por entonces. Aquí ya no había demasiada gente joven, ¿comprenden?

Lo comprendían.

En su trabajo de policía, chocaban con las otras realidades demasiado frecuentemente.

—Gracias, señora. Ha sido muy amable, y de mucha ayuda —Daniel le tendió la mano.

—¿De verdad?

—No siempre encontramos colaboración, y nos es muy necesaria para hacer nuestro trabajo.

—Le ha pasado algo a Eva, ¿no es cierto?

No supo qué decirle.

No sin darle la noticia antes a su padre.

—Investigamos un suceso, es cuanto puedo decirle —dijo Daniel revistiéndose de naturalidad.

—Vayan con Dios —se despidió la mujer.

Regresaron al coche sintiendo los ojos de la vecina en su espalda. Pronto, el barrio entero sabría que habían estado allí.

El barrio entero, o lo que quedaba de él.

Víctor hizo entonces la pregunta más evidente.

—Inspector, viendo esto y con lo que nos ha dicho esa mujer, ¿no le parece raro que Eva mantuviera las señas de su casa tanto en la tarjeta de crédito como en los pocos datos que he encontrado de ella?

—Sí, pero puede que se haya cambiado de casa más de la cuenta en estos años y, por esa razón o por mera vagancia, haya seguido con su antigua dirección.

Tenía sentido.

A veces costaba más modificar un dato que continuar con él.

Llegaron al coche. Desde la corta distancia, Daniel le echó otro vistazo a la casa de Germán Romero.

Sintió una extraña desazón.

—Habrá que regresar —dijo—. Sea como sea, hay que decirle a ese hombre que su hija ha muerto.

—Un palo —comentó su compañero.

—Sí, un palo —estuvo de acuerdo.

Siempre lo era cuando había que comunicarle a alguien algo así, y más tratándose de un asesinato.

22

La casa de ladrillos rojos se hizo visible desde mucho antes de salir del barrio formado por el enjambre de viviendas pobres, baratas y unifamiliares. Destacaba porque tenía tres pisos, aunque de hecho también daba la impresión de ser vieja y de estar a punto de caerse a pedazos. No había portera, la puerta de la calle estaba rota y en el vestíbulo algunos buzones rebosaban de publicidad sin recoger. Había siete buzones. Teniendo en cuenta la puerta del fondo, la de la planta baja, calcularon dos pisos por rellano. En ninguno de los buzones vieron el nombre de Miriam.

Llamaron al piso de la planta baja.

Les abrió un hombre en camiseta, muy mayor, setenta u ochenta años. Un caliqueño apagado le colgaba de la comisura del labio. Su tarjeta de presentación fue toser y carraspear. Al ver a dos tipos con traje en la puerta no estuvo muy seguro de qué hacer o decir.

Desde luego, no parecían vendedores.

—Buenos días —Daniel le enseñó la placa por si acaso—. Buscamos a una mujer llamada Miriam que vive en esta escalera, aunque no sabemos el piso.

Se tomó su tiempo.

—¿Me deja ver eso?

—¿Mi credencial?

—Sí.

—¿Por qué?

—Curiosidad —volvió a toser y carraspear—. En la tele casi nunca las enseñan y, además, todo son películas americanas. Nunca he visto una de la Policía Nacional.

Era un viejo curioso.

Casi simpático.

Daniel le entregó la placa.

El hombre la sostuvo en la mano y la examinó antes de devolvérsela complacido.

Pero todavía no les dijo lo que querían saber.

—Creía que los inspectores de hoy iban con vaqueros y el pelo largo —siguió hablando el hombre.

—Creo que sí, que ha visto muchas películas, y americanas —sonrió Daniel—. ¿Sabe dónde vive Miriam?

—En el tercero —acabó rindiéndose—. Bueno, sus padres. Ella ya voló hace tiempo.

—Gracias.

—No hay de qué.

No hubo más. Ninguna pregunta. Dejaron al anciano curioso y subieron a pie.

—Está visto que para parecer policías hemos de ir más informales —bromeó Víctor.

—Somos de homicidios —dijo Daniel—. De momento. El día que nos pasen a antivicio u otro departamento ya veremos.

Y se pasó la mano por la corbata como si estuviera planchándola.

Cuando llegaron al tercero se dieron cuenta de que el vecino no les había dicho el piso. Víctor estuvo a punto de volver a bajar las escaleras. Antes de que reaccionara, se abrió una de las dos puertas. Por ella apareció una mujer con un carro de la compra. Se detuvo en seco al verlos.

—¿A quién buscan? —preguntó rápida, un poco asustada.

De vuelta a la credencial y las presentaciones. Luego, la primera pregunta.

—¿Conoce a una joven llamada Miriam?

—Es mi hija —y se alarmó de inmediato—. ¿Le ha pasado algo?

—No, no —la tranquilizó—. La estamos buscando para que nos hable de una amiga suya, Eva Romero.

La mujer dejó de estar tensa.

Cambió la primera inquietud por un ramalazo de desprecio.

—¿Eva? —su pecho se hinchó al llenarlo de aire—. ¡Válgame el cielo! ¿Qué ha hecho ahora?

—Nos han informado de que su hija y ella eran muy amigas.

—Usted lo ha dicho: eran.

—¿Ya no?

Seguía con la puerta abierta y el carrito con ruedas en la entrada. Entonces la cerró, con llave. Tres cerraduras. Aguardaron a que terminara el proceso y se les enfrentara de nuevo. Una ventana emplomada en el rellano los envolvía en una luz apagada, como de iglesia.

La madre de Miriam se cruzó de brazos.

—Miren, eso fue hace años, cuando las dos se marcharon de aquí. ¿Por qué no van a preguntar al padre de Eva? Vive cerca.

—Venimos de su casa, pero no lo hemos encontrado.

—No me extraña —reflejó el asco que sentía—. Ese viejo loco y borracho…

—¿Sabe dónde vive Eva ahora?

—¿Yo? —le pareció la pregunta más absurda—. No. ¿Por qué iba a saberlo?

—Tranquila, señora —Daniel sacó a relucir no solo su paciencia sino su tacto—. No es más que una investigación de rutina.

—No, si yo estoy muy tranquila —volvió a hinchar el pecho, revestida de dignidad—. Pero es que a mí esa niña… —apretó las mandíbulas—. Siempre trajo problemas, ¿saben? Lio a mi Miriam, le volvió la cabeza del revés y no paró hasta que las dos se fueron de casa, a vivir juntas, ¡hala! ¡Con diecisiete años! ¡Como si la vida fuese un camino de rosas! —aumentó el tono de su enfado—. ¡No se fue sola, ah, no! ¡Tuvo que hacerlo con mi hija, la muy…!

—¿No se lo impidió?

—¿Cómo? ¡Se habría marchado igual al cumplir los dieciocho! ¿De qué iba a servir detenerla por unos meses? ¡Mejor callar y no perderla del todo! Dios… se creían que iban a comerse el mundo. En menos de lo que cuesta decirlo ya iban cada una por su lado. Bien que la fastidió, pero bien, bien, bien.

—¿Cuándo fue la última vez que vio a Eva?

—¡Y yo qué sé! ¡Ni idea! ¡Uno de aquellos días, antes de que se marcharan!

—Pero dicen que visita a su padre —Daniel empleó el presente.

—¿Y qué? ¡Ni que viviéramos puerta con puerta! ¡Pero es la primera noticia que tengo de eso! ¿A su padre? Miren que me extraña, ¿eh? Después de cómo acabaron… —cambió la expresión para ponerse en plan maternal aunque sin perder su tono digno y enfadado—. Bueno, supongo que un padre siempre es un padre, aunque sea una mala bestia. No tiene a nadie más.

—Ha dicho que su hija y Eva dejaron de vivir juntas poco tiempo después.

—Sí, señor.

—¿Se pelearon?

—No lo sé. Solo puedo decirle que Eva tenía mucho vuelo, muchos humos ya entonces. Movía un dedo y los hombres se derretían. A la que pudo se buscó la vida por sí misma. La lástima es que mi hija no volviera a casa. Ese maldito orgullo de los jóvenes de hoy…

—¿Dónde vive su hija?

—¿Quieren hablar con ella?

—Señora, hemos de localizar el lugar en que vive Eva. Imagino que Miriam lo sabrá.

No pareció muy convencida, ni muy segura, pero se rindió.

No hizo falta que entrara de nuevo en casa.

Les dio la dirección, calle, número y piso. Luego le echó un vistazo al reloj.

—Se me está haciendo tarde —agarró el carrito dispuesta a bajar a la compra.

—No la molestamos más —dijo Daniel—. Ha sido usted muy amable.

—No me han contado para qué buscan a Eva.

—Una investigación policial. Siento no poder decirle más.

Movió la cabeza de lado a lado.

—Lo dije siempre, siempre —insistió—. Sabía que acabaría mal. No se puede jugar con fuego sin quemarse, y ella llevaba ese fuego encima, en su cara, su cuerpo, la forma de hablar... Si se ha metido en problemas, lo único que puedo decirles es que no me extraña.

Comenzó a bajar las escaleras.

Daniel y Víctor la siguieron.

Pero ya no hablaron más, hasta el momento de despedirse en la calle.

23

La casa, en Sants, no era precisamente nueva. Sin balcones, gris, aséptica, estaba condenada a pasar a mejor vida en cuanto el dueño decidiera venderla o toda la manzana se viniera abajo. Las ventanas de la mayoría de los pisos estaban cerradas. Junto al portal, una tienda con un pakistaní a la entrada ofrecía servicio las veinticuatro horas del día. No tuvieron que subir al piso porque la portera, tan anciana como el edificio, les dijo que Miriam Torres no estaba en él.

No fue un contratiempo excesivo.

—Trabaja aquí cerca, en la carretera de Sants, cerca de Arizala. Es la perfumería, no tienen pérdida —les informó la mujer sin hacer preguntas.

Volvieron a tomar el coche, dieron la vuelta y lo aparcaron sobre la acera, con el distintivo policial a la vista. La perfumería era de barrio, pero relativamente nueva, luminosa. Olía como todas ellas, a limpio y a colonias. Había dos dependientas más o menos de la misma edad, jóvenes y sonrientes. Llevaban batas azules. Una, cabello corto, rostro chispeante, atendía a un cliente que dudaba entre dos perfumes para un regalo. La diferencia, obviamente, más que el buen gusto era el precio. La otra era muy diferente, cabello largo, cara redonda, al límite de su peso.

Fue la que se acercó a ellos.

—¿En qué puedo ayudarlos? —les regaló una sonrisa diáfana.

—¿Miriam Torres?

—Soy yo —la sonrisa desapareció de su cara.

Y más al ver la credencial y escuchar los nombres.

—Inspector Almirall y subinspector Navarro.

—No entiendo…

—¿Podemos hablar con usted unos minutos?

—Sí, claro… ¿Por qué?

—Eva Romero.

—¿Eva? —abrió unos ojos como platos.

—¿Quiere que salgamos fuera o hay una trastienda, un despacho…?

—Mejor fuera, que en el despacho está la dueña.

Siguió mirándolos con cara de asombro mientras salían a la calle. Apenas si caminaron un par de metros y se detuvo, a la vista de su compañera, por si la necesitaba o la buscaba la dueña. Cuando se enfrentó de nuevo a ellos, estaba pálida.

—No sé qué pasa, ni por qué están aquí, pero hace mucho que no la veo —habló con rapidez—. Éramos amigas hasta que… Bueno, cosas que pasan. ¿Está metida en algún lío? ¿Le ha sucedido algo?

—Tranquila —mintió una vez más Daniel—. Es pura rutina. Queremos saber en qué círculos se mueve, quiénes son sus amigos, con quién sale… Eso es todo.

—Entonces es que está en un lío —insistió desangelada—. Dios… se lo dije.

—¿Qué le dijo?

—¡Que acabaría mal! Pero de eso hace mucho y ella… ni caso. Fue antes de que se marchara.

—Vivían juntas.

—Sí, desde los diecisiete. Era nuestro sueño.

—¿Se enfadaron?

—No —exageró un gesto de desagrado con el rostro—. Bueno… discutimos, sí, pero nada importante. Habíamos hecho planes, lo íbamos a compartir todo, salimos adelante a duras penas, con sangre, sudor y lágrimas, como se dice. Y cuando lo habíamos conseguido, cuando disfrutábamos de un poco de estabilidad…

—Prescindió de usted.

—Fue algo más que eso —bajó los ojos al suelo.

—Necesitamos toda la información posible acerca de ella, señorita Torres —quiso dejarlo claro Daniel.

La mujer tardó unos segundos en ceder.

—Es que no sé si tiene importancia.

—Eso lo decidiremos nosotros.

Otros dos o tres segundos. Sus ojos brillaron con un atisbo de humedad.

—Yo tenía un novio —comenzó a hablar—. Una noche intentó montárselo con ella.

—Entiendo.

—Es tan guapa, tan especial… —volvió a mirarlos a los ojos—. No es que le exculpe a él, porque se portó como un cerdo, pero más bien fue ella, siempre andando por casa con poca ropa, llamando la atención y provocando. Era imposible no mirarla. Y encima, cuando se reía… Era como si todo el mundo tuviera que hacerle palmas. Los hombres ya se volvían locos, en la escalera, en el barrio. Se los tenía que quitar de encima. De todas formas… —le cambió de nuevo la cara y se llenó de resignación—. Luego entendí que a fin de cuentas no era culpa de nadie. Así son las cosas. Paco me la habría pegado igualmente.

—¿Se separaron hace mucho?

—Sí, varios años, aunque al comienzo seguimos viéndonos.

—¿Sabe dónde vive ahora?

—No.

—¿La última vez que la vio…?

—Al menos hará un par de años. Empezó a salir con un tal Roberto y ese sí que era de cuidado. Una buena pieza. Guapo como ella, con labia. Eva podía tener a quien quisiera, con solo chasquear los dedos, y fue a enamorarse del peor, como suele suceder. Yo le conocí y se lo dije, pero no me hizo caso. Aluciné cuando la vi colgada de él. Imaginé que acabaría dándole puerta, pero en aquellos días... Ni siquiera sé cuándo o cómo acabaron, o si siguen juntos, aunque no lo creo. No era más que un desgraciado que no tenía dónde caerse muerto. Lo único que necesitaba Eva era abrir los ojos, o darse de cara con la realidad. Alguien como ella con semejante mierda...

—¿Roberto qué más?

—Roberto Salazar. Vive por el Raval, en la calle de la Riereta. No sé el número, pero al lado hay una mezquita. Lo recuerdo porque un par de veces estuve ahí con ella, en el cumpleaños de él y en otra ocasión.

—¿Quién dejó de ver a quién entre ustedes dos?

—No lo sé —se encogió de hombros—. Primero pasaron unos días, después unas semanas, luego unos meses, y de pronto... Yo conocí a mi novio, nos fuimos a vivir juntos y ya pasé. A veces pienso que estará viviendo con alguien de dinero, de esos que luce florero al lado. Y a ella, perfecto. Tiene sus armas y las usa. Tampoco es malo. ¿Sabe lo que me decía?

—No.

—Que si Dios le había dado esas armas y ese poder, sería por algo, y que desde luego iba a utilizarlo. También decía que el mundo no era suficiente.

—¿Era religiosa?

—Bastante, aunque no tanto como su padre, que a veces rozaba lo fanático.

—Es extraño que no mantuvieran el contacto.

Miriam Torres se cruzó de brazos, aunque más bien fue como si se abrazara a sí misma. En sus ojos titilaban las sombras de un sinfín de emociones, desde la envidia a la frustración y, sobre todo, la resignación.

—¿Para qué? Ya no teníamos nada en común. A mi me va bien, ¿saben? Allá ella con su vida —lo proclamó con un deje de orgullo.

Quedaba la última pregunta.

La más importante.

—¿Tiene su número de teléfono?

—No, lo cambió. La última vez que la llamé me salió otra persona y me dijo que estaba harta de que la llamaran preguntando por Eva, que ahora ese número lo tenía ella. Si no me dio el nuevo, sería por algo.

—Ha sido muy amable —inició la despedida Daniel—. Y perdone la intromisión. Si recuerda algo más o sabe cualquier cosa, esta es mi tarjeta. Llámeme.

—¿No va a decirme qué es lo que está pasando? —se la quedó en la mano, sin guardarla en el uniforme azul.

—Lo siento.

—Claro.

Entraron dos mujeres en la perfumería. Miriam Torres las siguió con la mirada. Daniel Almirall y Víctor Navarro se dirigieron al coche dejándola sola en mitad de la acera, frente a la tienda, envuelta en sus pensamientos y triste, muy triste.

—Le hemos removido los recuerdos —susurró el subinspector.

—Pero seguimos sin arrojar mucha luz sobre la vida de Eva Romero —consideró Daniel.

—¿Volvemos a casa del padre?

—No, igual no regresa hasta la hora de comer, o peor aún, hasta la noche. Total, para darle la peor de las noticias…

—¿Mandamos a alguien?

—No, quiero hacerlo yo. Ya va conociendo mis métodos: paciencia y mirar a los ojos de la gente. De momento y aunque los medios de comunicación han dado la noticia del asesinato, contamos con la ventaja de que aún no se haya revelado su identidad.

—¿Entonces vamos a ver a ese novio, ex o lo que sea?

—Sí —Daniel se sentó en el lado del copiloto y dejó que su compañero se pusiera al volante.

De momento circulaban sin el alarido estridente de la sirena.

24

El automóvil se detuvo en un semáforo y Víctor lo aprovechó para mirar de soslayo el rostro serio de su superior. Primero se mordió el labio. Después se lanzó.

—¿Puedo comentarle algo?

—Claro —Daniel volvió la cabeza hacia él.

—A veces me intriga su manera de actuar.

—¿Ah, sí? —se extrañó.

—Suele hacer muchas preguntas antes de formular la que más interesa, le da vueltas…

—Lo hago para ganarme la confianza de las personas, y también para ir aclarando las ideas mientras lo absorbo todo. Nunca sabes si estás hablando con un testigo o con el mismísimo culpable. A veces no es más que un juego psicológico.

—¿Por qué no les ha dicho a los que ya hemos visto esta mañana que Eva Romero ha muerto?

—Porque esa es nuestra ventaja, por ahora. Y porque cuando se suelta una bomba así, hay que calcular su impacto y las consecuencias que tendrá. Mi instinto me dice cuándo he de decirlo y cuándo no.

Víctor Navarro sonrió.

—Tenían razón, si me permite decirlo.

—Le permito. ¿Pero en qué tenían razón?

—Me dijeron que era un tiquismiquis.

Daniel abrió los ojos. No pareció molesto.

—¿Ah, sí? ¿Quién?

—*Vox populi* —le quitó importancia el subinspector—. Pero me alegro de trabajar con usted. Han sido dos meses muy productivos.

—Yo también me alegro —fue sincero—. Mi anterior compañero no era lo que se dice… agradable.

—¿Mal policía?

—No, no. Era bueno. Pero entre que fumaba y apestaba, y entre que a veces se le iba la mano con los sospechosos… Discutíamos mucho. Cuestión de estilo. Por eso lo trasladaron.

—¿Lo pidió usted o fue casual?

—Lo pidió él. Supongo que por lo de tiquismiquis —mencionó divertido.

Víctor ya no dijo nada. Estaban cerca de su destino. Las calles, además, eran estrechas. No pudo aparcar en la que buscaban y lo hizo un poco más abajo. Antes de bajar ya vieron que uno de la urbana se les aproximaba corriendo para protestar. Salieron con las credenciales por delante mientras identificaban el coche.

—¿Molesta mucho? —preguntó Daniel.

—Un poco, pero… Tranquilo, inspector, no pasa nada. Yo me quedo a vigilar.

—Gracias.

Regresaron calle arriba hasta el edificio en el que vivía el presunto novio o exnovio de Eva. La mezquita de Shah Jalal Jame estaba al lado. La casa era vieja, no tenía portera ni portería. El buzón del vestíbulo les dijo que los Salazar vivían en el tercero primera. Subieron despacio, medio a oscuras, pisando los gastados escalones combados por el paso de la eternidad, y a la altura del primero se cruzaron con una mujer que bajaba con una bolsa de la compra colgada del brazo. La escalera era estrecha, así que tuvieron que pegarse a la pared para dejarla pasar. La mujer los miró con un extraño e inequívoco aire de miedo.

—Buenos días —dijeron ellos al unísono.

—Buenos días —les contestó con una voz apenas audible, como si en lugar de bajar estuviera subiendo cansada por el esfuerzo.

Siguieron subiendo.

Al llegar al rellano del tercero, fue Víctor el que pulsó el timbre de la primera puerta. Al otro lado lo que escucharon no fue el silencio, unos pasos o un «¡Voy!», sino un grito de enfado.

—¿Ya te has vuelto a dejar las llaves?

La puerta se abrió y al otro lado apareció un chico de unos dieciocho años, mes más mes menos, con el torso desnudo y unos pantalones medio caídos por encima de los cuales asomaba la parte superior de los calzoncillos.

Le cambió la cara al verlos.

Se quedó muy quieto.

—¿Sí? —miró las manos de ambos, como si esperase ver en ellas algo.

—¿Roberto Salazar?

Volvió a cambiarle la cara. De la inquietud pasó a la sorpresa.

—¿Mi hermano? —dijo como si le acabasen de hablar de un fantasma—. No está. ¿Qué...?

Hora de enseñar sus acreditaciones de agentes de la ley.

Nuevo cambio de cara.

Incredulidad.

—Inspector Almirall y subinspector Navarro —se presentó Daniel.

—¿Se ha escapado?

Ahora los que se quedaron en fuera de juego fueron ellos.

—¿De dónde? —preguntó Daniel.

—¿De dónde va a ser? De la cárcel.

Intercambiaron una rápida mirada. El muchacho esperaba una respuesta con los ojos muy abiertos.

—No, no se ha escapado —dijo Daniel tranquilizándole—. ¿Tú quién eres?

—Manuel.

—¿Su hermano?

—Sí.

—¿Conoces a Eva Romero?

Superada la idea de que Roberto se hubiera escapado de la cárcel, el chico tuvo dos reacciones contrapuestas. Extrañeza, ceño fruncido; y desasosiego, por la forma en que se le agitó el cuerpo.

Las manos, caídas a ambos lados, parecieron pesarle mucho.

—Sí, ¿por qué?

—¿Sabes dónde vive?

El envaramiento fue demasiado ostensible, aunque trató de disimularlo.

—¿Para qué la buscan?

—¿Lo sabes?

—No.

—¿No sigue siendo la novia de tu hermano?

—Roberto lleva preso un año y medio.

—Eso no significa que ella no le esté esperando y que tú no sepas dónde vive.

—¡Pues no lo sé! Se cambió o algo así. Nunca para quieta en un mismo sitio mucho tiempo. Además, ¡era su novia, no la mía! Cuando él fue a la cárcel ella se esfumó. A ver, ¿qué iba a hacer?

Mentía mal.

Daniel le dio una última oportunidad.

—¿Seguro que no la has visto ni conoces su actual dirección?

—¡Que no, coño! —se crispó—. ¿A qué viene eso?

—¿A qué te dedicas?

—Estoy en el paro.

—¿Por qué nos has mirado antes con miedo, al abrir la puerta?

—Creía que eran del banco.

—¿Del banco?

—¡Sí, van a desahuciarnos! —se crispaba más y más por momentos—. Oigan… En serio, ¿a qué viene esta movida?

—¿Vas a ver a Roberto a la cárcel?

—A veces.

—¿No te cuenta cosas?

—De Eva, desde luego, no.

Daniel le soltó entonces la bomba.

Medida, calculadamente.

—Eva ha muerto, Manuel.

Fue algo más que un cambio de cara.

Fue una demolición en toda regla.

Un torpedo impactando en plena línea de flotación y alcanzando la santabárbara del cerebro.

—¿Qué?

—La asesinaron.

Manuel Salazar siguió hundiéndose. Primero, un parpadeo; segundo, tragó saliva; tercero, el temblor espasmódico en las manos, como si todas sus terminaciones nerviosas se activaran descontroladamente.

Logró frenar unas posibles lágrimas.

—No… es… posible.

—Lo es —Daniel no disfrutaba, pero seguía apretándole las tuercas—. Y tú pareces impresionado.

—¿Cómo… no voy a estarlo? —balbució—. Es… era la chica más guapa que jamás… Joder… Joder, ¿en serio? ¿No me estarán vacilando?

—¿Por qué íbamos a vacilarte? —siguió disparando balas de plata—. Le machacaron la cara a golpes y después la ahogaron. Arrojaron su cadáver al río Llobregat.

Manuel Salazar se apoyó en el marco de la puerta.

Tenía el vello corporal erizado.

Temblaba de frío.

—Mierda…

—¿Puedes decirnos algo al respecto? —preguntó Daniel.

El chico hundió en él una mirada extraviada.

—¿Yo? ¿Qué quiere que le diga yo? No sé nada. Nada. Esto es…
una pesadilla. Eva…

Se quedó con el nombre flotando en los labios.

Víctor observó a su superior. Esperaba algo más. La puntilla.

Y sin embargo, Daniel plegó velas justo en ese momento.

—Te dejo mi tarjeta, Manuel —le pasó el rectángulo de papel
con el teléfono—. Cualquier cosa, me llamas. Y recuerda que estamos hablando de un asesinato, ¿de acuerdo?

Manuel Salazar la tomó con la mano derecha.

Pero no se movió.

Una estatua de sal, a la espera del diluvio.

Ni siquiera hubo despedida. Ellos dos se dieron media vuelta. El
muchacho cerró la puerta.

25

Daniel no llegó ni a poner un pie en el primer peldaño de la escalera.

Dio media vuelta y se pegó a la puerta del piso.

Tampoco hubiera sido necesario, porque a los pocos instantes los gritos se oían ya con meridiana claridad.

—¡Cabrón! ¡Cabrón! ¡Cabrón!

No solo eso. También el ruido de algo rompiéndose. Un plato, un vaso, un cuadro.

Algo de vidrio.

Después escucharon un portazo.

Y ya no hubo más.

—¿Volvemos a llamar? —preguntó Víctor Navarro.

Daniel lo meditó menos de dos segundos.

—No —dijo.

—Pero sabe más de lo que ha contado.

—Tiene que ver con su hermano, y está en la cárcel.

—¿Entonces?

—Vamos al coche. Hay que llamar a comisaría.

Bajaron la escalera en silencio. En el rellano del segundo escucharon música, un reguetón salvaje con una letra machista y misógina. En el del primer piso les asaltó un aroma de cocido muy intenso, como si alguien preparara ya la comida anticipadamente. Salieron a la calle y caminaron hasta el automóvil. El de la urbana seguía allí, custodiándolo. Lo único que hizo fue saludarlos con un gesto de cabeza.

Daniel miró el portal del edificio, a unos quince metros.

—Si le vemos salir, le seguimos —dijo.

Manuel Salazar no lo hizo. Al menos en los siguientes minutos.

La llamada a comisaría la hizo Víctor.

—Necesitamos información acerca de un tal Roberto Salazar. Lleva en la cárcel un año y medio. Es urgente.

—Un momento —les dijo el agente del otro lado.

Se lo tomaron con calma.

Por suerte, todo estaba informatizado y era rápido.

A veces se preguntaban cómo lo hacían los policías de otras épocas, incluso treinta o cuarenta años atrás, con montañas de papeles, legajos, fichas mohosas...

—¿Señor?

—Sí, diga.

—Roberto Salazar Duque, veinticinco años. Robo a mano armada en una joyería de la plaza San Gregorio Taumaturgo. Dos hombres con pasamontañas. Uno escapó y a él le detuvieron porque en la huida tropezó y se rompió una pierna. Le cayeron siete años por el agravante de violencia, aunque el que se pasó con el dependiente golpeándole fue el otro. En el juicio mantuvo el tipo y no quiso delatar al cómplice.

—¿Algún dato de ese cómplice, si parecía joven...?

—La descripción del empleado se refiere a alguien mayor, fornido, alto y de complexión atlética.

—Pregunte por la autopsia —susurró Daniel.

—Algo más. ¿Sabe si ya está hecha la autopsia de la mujer que ayer encontramos muerta en el Llobregat? Puede que el informe esté sobre la mesa del inspector Almirall.

—Un momento.

Esta vez la demora fue mayor.

—Todavía no hay nada, señor —reapareció la voz del agente.

—Gracias —se despidió Víctor.

Cortó la comunicación y se quedó pensativo.

—El cómplice no era su hermano Manuel —certificó Daniel volviendo a la posible implicación de los Salazar.

—¿Por qué un bombón como Eva Romero era novia de un chorizo?

—Puede que se hiciera chorizo por ella.

Su compañero calibró la posibilidad.

No pudo decir nada porque en ese momento vieron a la mujer que regresaba de la compra, aunque la bolsa no daba la impresión de estar muy llena.

Daniel fue el primero en salir del coche.

—Vamos.

La interceptaron a los pocos metros, con las identificaciones ya en la mano.

—¿Señora Salazar? —Daniel pensó que era mejor llamarla así que emplear su propio apellido, Duque.

La mujer se asustó.

Miró las credenciales sin verlas.

—¿Ya? —tembló—. Pero si me dijeron dos semanas…

Manuel les había hablado de un desahucio.

Un hijo en la cárcel, otro sin trabajo, y en la calle.

A veces costaba hacer preguntas.

—No somos del banco, señora —la tranquilizó solo en parte—. Queríamos hacerle unas preguntas acerca de Eva Romero.

Lo mismo que a su hijo, le cambió la cara. Con una diferencia: la de la mujer se endureció, se llenó de rabia, odio…

—Esa puta… —masticó las palabras.

—¿Hace mucho que no la ve?

—Desde que encerraron a mi Roberto por su culpa. Bien rápido que desapareció.

—¿Su hijo está preso por culpa de ella?

—¡Pues claro! —gritó sin prestar atención al hecho de estar en medio de la calle—. ¡Roberto era un buen chico! ¡Ella le engatusó, le volvió loco, le comió la cabeza…! ¡Oh, sí, estaban enamorados! —emitió una risa hueca y amarga—. ¡Pero lo que ella quería eran joyas, vestidos, lujos! ¡Eva fue la que le empujó a cometer ese robo, y él lo hizo para demostrarle… qué se yo! ¡Ay, señor! —se vino abajo en pleno estallido emocional.

Dos gruesas lágrimas cayeron por sus mejillas.

—Cálmese, señora, por favor.

—¿Cómo quieren que me calme? —gimió abatida—. Esa mala pécora nos destrozó la vida. Con Roberto en la cárcel apenas si tengo para vivir, y ahora, con el banco encima… —los miró súbitamente envejecida—. ¿Adónde vamos a ir? ¿Qué voy a hacer?

Dejaron que llorara unos segundos, hasta que apoyó el hombro en la pared, a su izquierda. Por lo menos la menguada bolsa de la compra no pesaba nada.

Hubieran podido continuar el interrogatorio en el piso, pero Daniel no quería volver a él. No todavía.

La necesitaba sola.

—¿Sabe si su hijo Manuel ha seguido viendo a Eva?

La idea se le antojó tan demencial como cruel.

—¡No! —repitió el grito—. ¡Solo faltaría eso! ¿Por qué iba a hacerlo? ¡Sabe que Roberto está en la cárcel por ella! ¡Pero si hasta una noche se pelearon por su culpa!

—¿Qué pasó?

—Manuel también acabó atrapado por sus malas artes y sus encantos, como muchos hermanos pequeños, que se enamoran de las novias de los mayores —se lo contó con naturalidad—. Yo trabajo de noche, señor, así que Eva subía a casa con Roberto para estar solos. Y desde luego no se cortaba para nada. A veces iba tal cual, sin manías, desnuda por todo el piso, como Dios la trajo al mundo, y Manuel… ¡Por Dios, tenía dieciséis años! Roberto le acusó de es-

121

piarla y de tocarse pensando en ella… Nunca se habían peleado, ¿saben? Disputas de hermanos, sí. Pero una pelea, nunca. ¡Hasta eso consiguió esa maldita mujer! —jadeaba, envuelta en su rabia, pero de pronto se enfrentó a los ojos de Daniel y le dijo—: ¿Por qué me hace estas preguntas, señor?

—Han asesinado a Eva.

Le dio tiempo para que lo asimilara.

Mucho tiempo.

La madre de los hermanos Salazar lo hizo incluso con serenidad.

Suspiró.

—No diré que me alegre —confesó—, pero tampoco que lo sienta. No se puede jugar con la vida de los demás.

—¿Seguía enamorado Roberto de ella?

—¿Cómo quiere que lo sepa? ¿Cree que hablamos de eso cuando voy a verle? ¿Y por qué lo pregunta? —reaccionó con más intensidad—. ¡Mi hijo está preso! ¿No irá a pensar que pudo haber sido él, Santo Cielo?

—No, tranquilícese —la calmó para que no volviera a gritar en plena calle—. Solo estamos hablando con la gente que la conoció.

No lo consiguió del todo. La mujer tenía los ojos de nuevo desorbitados, asustada.

—Estoy cansada —exhaló con agotamiento—. Yo no sé nada, ni Manuel, y mucho menos Roberto. Déjenme en paz, por favor. Déjenme en paz.

Reemprendió la marcha, pasó por su lado y se alejó tan encorvada como si tuviera noventa años.

No se lo impidieron.

26

Desde que se había cerrado La Modelo en 2017, ver a un preso requería más tiempo. De entrada, el desplazamiento hasta Can Brians, en Sant Esteve de Sesrovires. Salieron de Barcelona por la autopista, en dirección a Martorell, y llegaron a la prisión en treinta y cinco minutos.

No era la primera vez que Daniel estaba allí.

Pasaron varios filtros hasta llegar a su objetivo. La última antesala fue la más pesada. Como si Roberto Salazar estuviera muy lejos e ir a buscarle requiriera un enorme desgaste y un exceso de personal. Cuando finalmente les dijeron que iban a por él, que esperasen, se lo tomaron con filosofía.

Las habitaciones para los encuentros sexuales de los presos con sus parejas o las salas para las visitas quedaban muy cerca de allí, pero a ellos los introdujeron en una pequeña estancia para charlas con abogados o interrogatorios policiales, con una mesa metálica y tres sillas de madera, dos a un lado y la tercera al otro. Se sentaron y esperaron a que se lo trajeran.

Esta vez no hablaron.

Tres minutos después, el hermano mayor de Manuel Salazar entraba por la puerta conducido por dos guardias. Se quedó mirando a sus dos visitantes mientras le sentaban en su silla. No era como en las películas americanas. No iba esposado ni con cadenas en los pies. Ni siquiera de uniforme. Los guardias se retiraron, aunque uno se quedó al otro lado de la puerta, mirando por la ventanita de control.

El silencio lo rompió el preso finalmente.

—¿Quiénes son ustedes?

Al contrario que casi siempre, Daniel no dijo los nombres.

—Homicidios.

El aparecido miró las dos credenciales despacio.

Como si quisiera memorizarlas.

Su calma era tensa, pesada.

—¿Homicidios? Estoy aquí por un robo. ¿Qué quieren?

—Hablar de Eva Romero.

Tenía las manos debajo de la mesa. No pudieron ver si las crispaba o no. Los ojos sin embargo le delataron. Fue como si se hundieran hacia adentro, estirados desde la nuca por dedos invisibles.

—¿Y qué quieren que les diga?

—¿De entrada si seguíais siendo novios?

—No creo.

—¿No crees?

—Yo tengo para una temporada, ya lo sabrán, y ella...

—Una mujer muy guapa.

—Sí, mucho.

—Demasiado para olvidarla, ¿verdad?

Roberto Salazar iba recuperándose, aunque no bajaba la guardia.

—Uno nunca olvida a una mujer así —confesó.

—¿Ha venido a verte en este año y medio?

—No.

—¿Ni una vez?

—Al comienzo, los primeros meses, luego ya no.

—Debe de doler.

—Es lo que hay.

—¿Sabes dónde vive?

—Ahora ni idea —y finalmente hizo la pregunta—: ¿A qué viene esto?

—Pareces nervioso —hizo un primer disparo Daniel.

—¿Cómo quieren que esté? —se echó hacia atrás para apoyarse en el respaldo de la silla—. ¿Vienen dos policías de homicidios a preguntarme por mi ex y he de estar sonriente y feliz? ¿Qué pasa aquí?

—Han asesinado a Eva Romero, eso es lo que pasa —fue directo Daniel.

El preso acusó el impacto.

Como si le acabasen de dar un puñetazo en el plexo solar.

Primero, demudó la cara. Luego, se estremeció. E inesperadamente se dobló sobre sí mismo, volviéndose hacia la derecha, para empezar a vomitar hasta la primera papilla de su vida.

Daniel y Víctor se levantaron, pero no tuvieron que hacer nada. El guardia que observaba todo desde la mirilla de la puerta entró de inmediato.

—¡Pero qué coño…! ¡Serás hijoputa! ¡Para!

Roberto Salazar hacía de todo menos parar. Ya había caído de rodillas, y seguía inclinado hacia delante, entre arcadas, soltando más y más bilis.

También gemía y lloraba.

Todo a la vez.

Los siguientes dos o tres minutos fueron un caos. Entraron más guardias, lo levantaron, se lo llevaron e hicieron que Daniel y Víctor también salieran de la sala. Los llevaron a otra, exactamente igual a la primera. La espera hasta el regreso de Roberto fue breve. Apenas si intercambiaron un par de palabras.

—¿Qué opina?

—Salvo que sigue enamorado y posiblemente obsesionado con ella… —Daniel dejó la frase sin terminar.

—¿Pudo hacerla matar?

—Pudo. Pero un crimen por encargo no es fácil.

—Vale dinero, claro.

—Y tanto tiempo después no tiene lógica, a menos que hubiera sucedido algo que ahora le hubiese puesto las pilas.

Roberto Salazar regresó pálido, sujeto por dos guardias, como si no se tuviera en pie. Lo sentaron en la silla y salieron de la sala, aunque de nuevo uno se quedó al otro lado, observando por la mirilla acristalada de no más de un palmo de largo por si tenía que volver a entrar o había que reducir al preso en el caso de que se pusiera violento.

Ahora era una máscara.

Pálido, demacrado, convertido en un guiñapo humano.

—¿Estás bien? —quiso saber Daniel.

—No, joder... No estoy bien —jadeó.

—Todavía la querías, ¿verdad?

Primer estallido.

—¡Déjenme en paz!

—Lo haremos después de hablar contigo. Así que, cuanto antes acabemos, mejor, ¿de acuerdo?

—Mierda... Hostia puta... —siguió jadeando.

Se pasó una mano por la nariz, para evitar que le cayera un moco. Su cuerpo se movía ligeramente, hacia delante y hacia atrás, como solían hacer los pacientes en los psiquiátricos.

—¿No quieres saber quién la mató?

Volvió a llorar, de manera silenciosa.

Daniel esperó un poco, le dio un pequeño margen.

—¿Cómo...? —balbució Roberto.

—Le dieron una paliza. Luego la estrangularon y echaron su cuerpo desnudo al río.

Los miró lleno de incredulidad.

Estaba allí, con ellos, pero fragmentado en un millón de pedazos, cada uno con dolor propio.

—¿Sabes algo de eso, Roberto?

—No… —gimió.

—¿Seguro?

Iba de un lado a otro de su estado alucinado.

—Joder… No, joder… No… —se echó a llorar de manera rendida—. ¡Yo estoy aquí! ¿Cómo voy… a saberlo? Mierda…

Iba a desmayarse.

Víctor rodeó la mesa, reaccionando rápido para evitarlo.

Logró sostenerlo en pie, sentado. Por lo menos ya había vomitado todo lo que tenía que vomitar.

—Tranquilo —dijo Daniel.

Roberto Salazar siguió llorando, ahora sujeto por Víctor.

Pasaron unos segundos, hasta que acompasó la respiración.

Daniel siguió mostrándose implacable.

—¿Sabes con quién salía, qué hacía, cómo se ganaba la vida?

La pausa fue larga.

—Lo último… que supe… es que trabajaba en una agencia de… modelos.

—¿Nombre?

—Cristal… o algo así, no sé.

—¿Quién te lo dijo?

—No me acuerdo.

—¿Tu hermano?

Le miró con sus ojos hundidos y diminutos.

—¿Qué pinta Manuel en esto? —balbució.

—Estando tú aquí, pudo interesarse por ella. Tu madre nos ha dicho que a Manuel le gustaba y la espiaba cuando os lo montabais en tu casa.

—¿Han hablado con mi madre?

—Sí. Responde. ¿Te habló Manuel de Eva?

—No.

—¿No crees que haya podido estarla espiando?

—¡No! —movió la cabeza de lado a lado, rozando el límite—. Por favor, váyanse, ya, ahora. Por favor…

127

—Vamos, Roberto —Daniel se inclinó hacia delante, apoyándose en la mesa—. Ya sabemos cómo era Eva. Os enamorasteis, puede que ingenuamente, pero ella era de las que necesitaba mucho más de lo que tú podías darle. Te obligó a robar para…

—¡No me obligó a nada! ¡Fui yo!

—De acuerdo, fuiste tú, pero lo hiciste por ella. Y ahora estás aquí, mientras que Eva trabajaba en una agencia de modelos, estaba espectacular, ganaba dinero, tenía nuevos amigos, probablemente de nivel, y raro sería que no tuviera un amante capaz de complacerla en todo —acabó de rematarle—. ¡Alguien tuvo que asesinarla!

—¡Yo no sé nada!

Víctor lo sujetaba, para que no se viniera abajo, pero lo que no esperaba era que Roberto Salazar saltara de la silla, como impulsado por un resorte, y se lanzara de cabeza contra la pared emitiendo un grito estentóreo.

Demencial.

El choque fue tremendo. Se escuchó un ruido sordo.

Luego cayó al suelo inconsciente.

Tuvo un par de espasmos antes de quedar inmóvil.

Víctor fue el primero en darle la vuelta. Después le ayudó Daniel. Para cuando los dos guardias de la puerta llegaron hasta ellos, la sangre manaba en abundancia por la herida y Roberto no era más que un guiñapo humano tras haber resistido el bombardeo de preguntas y la pérdida de la consciencia.

27

Nada más salir de la cárcel, Daniel le echó un vistazo al reloj.

—¿Comemos por aquí o esperamos a llegar a Barcelona?

Su compañero le miró con cierta expectación.

—Tiene un estómago… —dijo.

—Ha vomitado él, no yo.

—Lo digo por cómo le ha atornillado.

—Los dos saben más de lo que cuentan, este y su hermano —aventuró él—. ¿Tiene hambre?

—Puedo esperar a llegar a Barcelona.

Subieron al coche y regresaron. No volvieron a hablar hasta meterse en la autopista. El tráfico era denso pero no llegaba a colapsar ningún carril, así que pudieron rodar al límite de ochenta kilómetros por hora. De nuevo conducía Víctor Navarro mientras Daniel miraba por la ventanilla.

Callado.

—¿En qué piensa? —quiso saber el subinspector.

—¿Cómo es su novia?

Lo esperaba todo menos aquello.

—Pues… simpática, agradable, veintisiete años, morena, no muy alta…

—¿Marisa, no?

—Sí.

—¿Le habla de sus casos?

—No —negó también con la cabeza—. Dice que no quiere saber nada.

—¿En qué trabaja ella?

—En una empresa farmacéutica. Es técnico de laboratorio.

—Interesante.

—Le apasiona. Tanto como a mí lo mío.

—Mi mujer sí me hace preguntas, sobre todo los días que llego muy jodido, pero soy yo el que no quiere contarle nada, y menos a mis hijos.

—¿Qué edad tienen?

—La mayor, veintitrés. Ya vive por su cuenta. Los otros dos, diecinueve él y quince ella.

Víctor lanzó un silbido.

—Adolescente.

—Justo ahí —sonrió Daniel—. Bastante trauma fue para ellos hace unos años eso de tener un padre policía. Los compañeros de escuela les preguntaban si era de los que repartían golpes y lanzaban pelotas de goma en las manifestaciones.

—Le veo de todo menos de antidisturbios.

—Lo que me costó convencerlos de que yo investigaba crímenes y detenía a los malos, uno a uno.

—Supongo que tanto como yo a mí Marisa saliera conmigo. Tuvimos que dejar de ver películas de esas en las que los polis son unos borrachos o están pringados o acaban matando a media docena de tipos en un tiroteo. Ah, no digamos con lo de que podían matarme a mí.

—¿Cómo la convenció del todo?

—Se enamoró de verdad. ¿No es lo que cuenta?

—Supongo que sí —lo aceptó.

Rodaron unos pocos segundos más en silencio.

—Creo que me pasa lo mismo que a usted —afirmó Víctor.

—¿Qué me pasa a mí?

—Le afectó ver a esa mujer muerta.

—Supongo que sí —reconoció tras un momento de pausa.

—Uno ve en la tele o en el cine a esas modelos o actrices de cuerpos perfectos. La vida real es otra cosa, aunque en alguna parte deben estar, claro. Supongo que viven de noche, o a lo mejor es que vestidas y sin arreglar parecen menos de lo que son. Sin embargo esa Eva…

Ni la muerte había podido borrar su esplendor.

Por lo menos tras ser sacada del río.

Aunque Daniel la recordaba también en la morgue, ya destripada.

Siguió mirando por la ventanilla.

Pensaba en Gloria, y en su intento de seducción matutino.

—¿Cree que la paliza fue un intento de borrar su belleza, aunque fuera a golpes? —preguntó Víctor.

—Sí, lo creo.

—Y después…

—Simple y puro odio. La destrucción total.

—De momento solo tenemos a un ex que seguía colgado de ella y está en la cárcel y a un hermano enamorado recién salido de la adolescencia. No es mucho. Y seguimos sin poder hablar con el padre.

Daniel no le contestó. Tomó el micrófono de la radio para conectar con la central. El resto fue rápido, como siempre. Dio el nombre de Germán Romero y sus señas.

—Manden un coche patrulla a vigilar la casa. Si ven al señor Romero, me avisan, pero sin decirle nada de la muerte de su hija. Si todavía no ha llegado, que esperen. Si aparece y vuelve a salir, le siguen y lo mismo: me avisan para que pueda hablar con él. ¿Queda claro?

—Sí, inspector.

Cortó la comunicación y sacó el móvil. Entró en Google Maps

y tecleó las palabras: *Agencia Cristal, modelos.* Fue suficiente para que el sistema le indicara las señas del lugar en el que, supuestamente, trabajaba Eva Romero. La agencia estaba en la parte alta de Pau Claris, cerca de la Diagonal.

Mejor comer con calma.

—¿Le apetece una *pizza?* —sorprendió a su subordinado. Y antes de que este se manifestara, le aclaró—: A mí sí.

28

Era la primera vez que estaban en una agencia de modelos, pero más o menos era como las habían imaginado. Una entrada diáfana, luces claras, modernidad, el logo con la palabra *Cristal* en neón sobre la pared frontal, encima de la recepcionista, y fotos de bellezas en trajes de baño o poses sugerentes por las paredes. La recepcionista no era una chica diez, pero sí una mujer nueve. Maquillada, rostro anguloso, cabello rubio. Presidía con aire de reina la mesa curva tras la cual medio ocultaba el cuerpo. Al acercarse, se lo vieron entero. La minifalda mareaba. Los tacones de aguja asustaban. El escote era el preciso para enseñar sin revelar. Lucía un anillo de casada, quizá porque lo estaba o quizá para quitarse de encima a posibles moscones, ya que era la primera persona con la que los visitantes se encontraban.

Los envolvió con una sonrisa espectacular, en la que brillaron sus dientes blancos tanto como los labios rojos y les preguntó qué deseaban. Cuando le enseñaron las credenciales ni se inmutó. Siguió siendo inmaculada. Probablemente podía anunciarlos por el interfono o lo que fuera, pero se levantó para dar la noticia en persona. La vieron alejarse por un pasillo, consciente de que la estaban mirando. Tenía aplomo. O muchas horas de vuelo, porque tampoco se trataba de una veinteañera. Regresó con el mismo paso cadencioso y seguro.

—¿Por favor?

La siguieron. En el pasillo lo que había eran portadas de revistas, de todo tipo, con modelos de la casa luciendo encantos en bañador, traje de noche o lo que fuera. Los dejó delante de una puerta que ya estaba abierta y al otro lado vieron a una mujer elegante y sofisticada, sentada tras una mesa. No se levantó cuando cruzaron el umbral y la recepcionista cerró la puerta a su espalda. Tardaron en darse cuenta de que la mujer iba en silla de ruedas. De lejos parecía tener cuarenta años, al aproximarse le calcularon cincuenta, y al estrechar su mano y sentarse delante de ella, comprendieron que debía de sobrepasar los sesenta, pero con dignidad y orgullo, sin operaciones, aunque se conservaba de manera espectacular.

—Policía —movió la cabeza de arriba abajo impresionada.

—Inspector Almirall y subinspector Navarro.

—¿Qué puedo hacer por ustedes? —se lo tomó con calma.

Sobre la mesa, un montón de fotografías, en blanco y negro. Rostros sonrientes y luminosos entre los que elegir lo que uno deseara. A un lado, un cristal con una luz debajo y diapositivas por encima, como las de antes de la era digital. En un mueble, infinidad de premios y fotografías de ella con distintas personalidades, actores y actrices conocidos. En una pared, imágenes de las que, posiblemente, eran las modelos estelares de la agencia, media docena de portadas de revistas relevantes, entre ellas una de *Vogue* y otra de *Sports Illustrated*, y un par de pósteres de desfiles importantes. Por supuesto, para completar el cuadro, dos ordenadores de espaldas a ellos, así que no podían ver lo que mostraban.

—Queríamos saber si una modelo llamada Eva Romero aún trabaja con ustedes.

—Eva, sí —se lo confirmó.

Se mantuvieron impertérritos pese a que, por fin, estaban encontrando algo.

—¿Qué puede decirnos de ella?

—¿Por qué? —mantuvo las distancias en un inmaculado tono de madre superiora.

—Es una investigación policial. Siento no poder darle más detalles —trató de explicarle Daniel.

—Por lo menos díganme si está metida en un lío.

—Es lo que tratamos de averiguar.

Lo consideró. Acabó rendida a la evidencia de que lo mejor era no resistirse.

—Tampoco me extrañaría que lo estuviera —suspiró.

—¿Por qué?

—Solo lleva un año y medio con nosotros, más o menos, y…, bueno, un poco conflictiva sí es.

—¿Suele causar problemas?

—¿Cómo se lo explico? Ustedes no saben nada de la vida de una chica como las nuestras o las de cualquier otra agencia, claro.

—No, me temo que no —dijo Daniel.

—Miren, trataré de explicarme —adoptó una pose relajada, como si fuera a darles una lección magistral de lo que era su universo—. Una chica humilde, pobre, sin cultura, tiene el mayor tesoro: un cuerpo y un rostro perfectos. Esa chica conoce su poder y obviamente aspira a ser modelo, beneficiarse de su don. Llega a una agencia y cree que habrá una alfombra roja esperándola. La realidad es otra y pronto se da cuenta. No sabe desfilar por una pasarela, necesita pulirse, pero mientras aprende, aunque quizá le falten un par de centímetros y le sobren un par de kilos, sirve para sesiones fotográficas, posar y salir en revistas y catálogos. Nos la quedamos y, hasta aquí, todo bien. Pero esa chica, que en la calle hace que los hombres la miren o destaca allá donde va, cuando se encuentra en un *casting* con cincuenta candidatas más, se da cuenta de que ahí ya no es la número uno, ni una diosa, sino una de tantas. Es más, en un *casting* con cincuenta chicas guapas, a veces lo que se busca es algo en concreto, algo que solo tienen una o dos. No solo es eso. También cuenta que la cámara te quiera, que des un perfil, que encajes en lo que se busca… ¿Me siguen?

—Sí, sí.

—Les he hecho el retrato de cientos, miles de chicas. Y Eva era una de ellas cuando llegó, ya mayor, no precisamente con diecisiete años, a pesar de lo cual la aceptamos igual. ¿Saben por qué? Tenía morbo. Una clase de belleza excitante y poderosa, capaz de atraer pese a estar limitada a un patrón muy concreto. Quería triunfar, tener éxito, salir de pobre, brillar, ganar dinero. Era y es muy ambiciosa, aunque con el paso del tiempo ha ido entrando en razón cada vez más. En el fondo, lo del éxito se olvida pronto. ¿Cuántas *top models* hay? Muy pocas. En cambio ganar dinero... No es tan difícil. Muchas acaban pillando a un tipo rico que quiere un florero, no una esposa. Incluso se casan con él. Bien, es su opción. Yo no sé mucho de sus vidas privadas, solo me interesa mi negocio y que estén listas para cuando se las llama y se les ofrece algo. Allá ellas con lo que hacen en su tiempo libre, que es mucho, muchísimo, y no todas lo emplean en aprender y mejorar. Les cuesta luchar. Siguen pensando que son guapas y que eso abre todas las puertas —hizo una breve pausa para pasarse la lengua por los labios—. Eva trabajaba poco y se enfadaba mucho cuando, después de diez o veinte *castings* seguidos, no la cogían. Empezó a perder la fe y a buscar atajos, consciente de que con veintitrés años ya era mayor frente a la legión de niñas de quince a dieciocho años que aparecen cada año en el mundo de la moda, con tanta o más hambre que sus predecesoras y, actualmente, un poco más preparadas que ellas. Llegados a este punto, puedo decirles que tuve un par de broncas con ella, en las que «me amenazó» con dejarme e irse a otra agencia, y en estos últimos meses no la he visto demasiado porque ha hecho apenas tres o cuatro cosillas, no precisamente importantes —tomó aire y les preguntó—: ¿Es suficiente?

—Una clase rápida y efectiva —asintió Daniel—. Pero no puede decirnos con quién salía o qué hacía.

—No —fue categórica.

—¿Alguien...?

—Carlota Miranda.

—¿Una amiga?

—Modelo, como ella. Compartían piso hace unos meses. Ahora no sé. No siempre actualizan los datos. A veces viven muy rápido.

—¿Me da sus señas?

—Claro.

Se inclinó sobre el ordenador y tecleó algo breve. La respuesta fue inmediata.

—Calle Miguel Ángel número dieciocho. ¿Quiere su móvil?

—Por favor.

—Apunte. Seis cero nueve…

Víctor lo anotó todo.

—¿Necesitan alguna fotografía de ella?

—Si tiene alguna.

—Las que desee.

Dirigió la silla de ruedas hasta un archivador. Lo abrió por la mitad, buscó en el interior, sacó una gruesa carpeta y regresó con ella a la mesa. Un sinfín de retratos de Eva Romero afloraron a la luz. Escogió dos y se los entregó.

Uno era un primer plano, diáfano, limpio, en blanco y negro. La otra fotografía era de cuerpo entero, en color, con Eva luciendo un ajustado bikini.

Intentó parecer normal.

—Gracias —atemperó la voz.

—Espero que no se haya metido en ningún problema, se lo digo de corazón —a la mujer le salió el lado verdaderamente materno y más humano—. Puede que sean muchas, pero por una u otra razón, se les coge cariño. Son «mis niñas» —esbozó una sonrisa dulce—. No son malas chicas, ni las veteranas resabiadas ni mucho menos las jovencitas que debutan cargadas de sueños, pero suelo decírselo siempre a todas, aunque no me hagan caso: a veces la belleza es una maldición. Hay que saber utilizarla. Ellas, la mayoría, viven en su propio mundo, y además lo hacen muy rápido, demasiado rápido, por miedo a perder los mejores años.

—¿Puedo preguntarle algo, señora?

—Adelante.

—¿Fue modelo?

—Sí.

No hizo la siguiente pregunta. Ni ella le contó cómo había acabado en una silla de ruedas.

—¿Puedo pedirle yo a usted otro favor?

—Claro.

—Cuando pueda contarme qué está pasando y si Eva está bien, ¿me lo dirá?

Víctor miró a Daniel.

Pensó que no iba a hacerlo.

Pero lo hizo.

—Eva está muerta, señora. Ha sido asesinada.

29

De vuelta a la calle, a la realidad de lo cotidiano, tras dejar aquella especie de paraíso terrenal en las alturas de la agencia de modelos, lo primero que hizo Daniel fue marcar el número del móvil de Eva Romero.

No esperaba demasiado.

—El teléfono al que ha llamado está apagado o fuera de… —le dijo la voz impersonal y mecánica de la operadora, confirmándole sus sospechas.

Cortó la comunicación.

Víctor llevaba las dos fotografías de Eva. Parecía resistirse a mirarlas. Pero lo hizo cuando los dos estuvieron a salvo en el coche. Daniel no estuvo seguro de si suspiraba o chasqueaba la lengua. En todo caso hizo un ruido singular.

—Impresionante, ¿no? —sugirió.

—Ya sé que las retocan con Photoshop, que les quitan arrugas, les hacen más pequeña la cintura, les borran las imperfecciones y les modelan brazos y piernas, pero aun así… —habló muy despacio el subinspector.

—No creo que a Eva le hicieran falta muchos retoques. Vimos el cadáver —le recordó Daniel.

Víctor Navarro continuó mirando las dos fotos, el primer plano en blanco y negro y la del bikini a color.

Costaba creer que ella estuviese muerta.

También costaba creer que no encontrara mucho trabajo porque ser guapa y escultural no bastaba.

Para todo había cánones.

—¿A casa de Carlota Miranda? —preguntó dejando las fotos en la parte de atrás del coche.

—Sí —asintió Daniel mientras manipulaba la radio del coche.

Una vez más, al otro lado apareció una voz. Ahora femenina. Imaginó que era Elena Basora, una de las nuevas, todo tesón, entrega y buen ánimo.

—Inspector Almirall —le dijo.

—Diga, inspector.

—Voy a darle un número de teléfono. Traten de localizarlo. A ver si hay suerte y tenía el GPS conectado. ¿Toma nota?

—Sí, adelante.

Le cantó los nueve números. Ella los repitió para estar segura.

—De paso, comprueben que esté a nombre de Eva Romero y si hay registro de llamadas… Bueno, ya sabe el procedimiento —continuó él.

—De acuerdo.

—¿Puede mirar en mi mesa si ha llegado el maldito informe de la autopsia?

—Un momento.

Víctor ya rodaba por la Gran Vía, en dirección a la casa de Carlota Miranda y, con suerte, de la propia Eva.

La voz de Elena Basora reapareció por la radio.

—No hay nada, inspector.

—Llamen a Ferran Soldevilla y díganle de mi parte que lo necesito ya —apretó la mano libre.

No hubo más.

Esta vez ni siquiera hablaron del efecto que la muerte de Eva había causado en la dueña de la agencia Cristal, mitad entereza, mitad dolor. Una mujer fuerte, inquietante.

Dejaron el coche en la esquina, mal aparcado pero sin obstruir el paso de ningún otro vehículo, y entraron en el vestíbulo del edificio. Lo primero que hicieron fue examinar los buzones. En el de Carlota Miranda solo constaba su nombre y el de alguien llamado Esteban Ramírez. Nada de Eva. Enfilaron el ascensor justo en el momento en que apareció la portera, que al verlos tan decididos no les preguntó nada. Bajaron del camarín y fue Víctor el que pulsó el timbre de la puerta. Luego se apartó para dejar el protagonismo a su superior. Al otro lado escucharon un carraspeo.

Les abrió un hombre de unos treinta años. Un guaperas, posiblemente tan o más modelo que Carlota o Eva. Alto, moreno, rasgos muy marcados, informalmente despeinado, cejas pobladas, labios gruesos y cuerpo atlético, cultivado. Iba sin camiseta y descalzo.

—¿Sí?

Las credenciales le hicieron levantar las cejas.

El mismo ritual.

—Inspector Almirall y subinspector Navarro. ¿Está Carlota Miranda?

—No, está trabajando —pareció desarmado, momentáneamente incapaz de reaccionar.

—¿Dónde trabaja?

—En la Fira, en Hospitalet. Estos días hace de azafata en una convención. ¿Para qué la buscan?

—Queremos hacerle unas preguntas acerca de Eva Romero.

—¿Eva? —reapareció la sorpresa.

—¿La conoce?

—Claro. Es amiga de mi novia, aunque yo solo la he visto media docena de veces. Antes vivía aquí, con ella. ¿Se ha metido en algún lío?

Todo el mundo preguntaba lo mismo.

—¿Se metía en líos? —quiso saber Daniel.

—No lo sé —vaciló—. Pero si preguntan por ella…

—¿A qué hora regresa Carlota?

—¡Uf! Vayan a saber —su cara reflejó fastidio—. En eso no hay horarios, porque no es solo la convención. También están los cócteles, las cenas… Ayer volvió a las dos de la mañana.

—¿Usted es Esteban Ramírez?

—Sí, ¿cómo lo saben?

—Lo pone el buzón.

—Ah, ya, claro —no supo qué más decirles.

Ni ellos tenían más preguntas.

—Ha sido muy amable, gracias.

—Nada, a mandar. Le diré a Carlota que han venido.

Bajaron en el ascensor, salieron del portal y volvieron al coche. Un guardia de tráfico estaba comprobando la identificación policial.

—¿Cree que ya estará telefoneando a su novia para advertirla? —dijo Víctor.

—Supongo que sí —reconoció Daniel.

El guardia se apartó al verlos aparecer. El intercambio de saludos fue breve. Ocuparon los respectivos lugares, Víctor al volante y Daniel de copiloto. Esta vez no hubo que preguntar nada.

Iban a la Fira.

La radio se disparó cuando llevaban apenas un par de semáforos. Daniel respondió a la llamada y se encontró con la voz de Ferran Soldevilla.

—¿Dani, eres tú?

—Sí, Ferran, soy yo. ¿La tienes?

—Sois todos unos impacientes.

—Venga, no me seas mártir. Haberte hecho piesplanos en lugar de forense.

—¡Ja-ja-ja! —no fue una risa, sino una burla, marcando cada sílaba—. ¿Empiezo?

—Empieza.

—Tu chica no fue forzada. Ni siquiera había hecho el amor, no hay rastro de semen ni actividad sexual en las horas previas a su

142

fallecimiento. Eso sí, llevaba un DIU, lo cual indica relaciones habituales y regulares, bien con una pareja estable que no quería usar preservativo o por cuenta de ella misma, por precaución, si era un espíritu libre.

—Una forma elegante de decir promiscua.

—Ya —el médico continuó—. El estómago, parcialmente vacío. No había cenado. En los restos de la comida, nada especial, ensalada y poco más. Como te dije, uñas limpias, sin señales defensivas a pesar de los golpes en la cara.

—¿Había más en el cuerpo?

—¿Golpes? No, no. Únicamente el rostro. Mi teoría es que fueron a hacerle daño. Una paliza implica puñetazos por todo el cuerpo, incluso patadas. No es el caso. Es más, el que lo hizo usó algo contundente, quizá un guantelete o un puño de hierro.

—¿En serio?

—Fijo. Y tengo algo que te interesará todavía más —siguió sin esperar a que Daniel interviniera—. Primero la golpearon y luego la ahogaron, como sabes. Pero entre la paliza y el ahogamiento pasó un rato.

—¿Mucho?

—Difícil de calcular por haber estado sumergida en el agua, pero le echaría mínimo una hora. La pérdida de sangre y la coagulación de las heridas son significativas. La coloración de la piel en el rostro y en la garganta, donde la apretó el asesino, era distinta.

—¿Crees que estaba consciente cuando la ahogaron?

—Diría que sí.

—¿Y por qué no luchó?

—¿Me lo preguntas o hablas para ti mismo en voz alta?

—¿Análisis toxicológico?

—Limpia. No tomaba drogas. Ni fumaba. Una chica sana.

—¿Algo más?

—¿Te parece poco? —gruñó el forense—. ¿Hay algo de su familia?

—Estamos intentando localizar al padre, que es el único vivo.

—Pues nada. Yo te la guardo aquí. Tú a lo tuyo.

A veces el humor de los forenses era una tapadera.

Lo necesitaban.

—Gracias, Ferran.

—¡Oh, el gran inspector Almirall me da las gracias! ¡Un momento que voy a anotar la efeméride en mi diario!

—¡Vete a la mierda! —soltó una risa.

—Pilla al cabrón que lo hizo —se despidió ya más serio—. Estropeó algo muy bello.

Los dos cortaron la comunicación al mismo tiempo.

Salieron de Barcelona por la Gran Vía, y al llegar a la plaza Cerdà tomaron la carretera del Prat y su prolongación, la calle de la Ciencia, hasta los pabellones de la Fira. Debía de haber alguna autoridad importante en la convención porque la presencia policial era mayor que en un día normal. Sus placas les abrieron paso, así que pudieron dejar el coche en la calle, aunque no frente a la entrada, sino en uno de los lados. Justo cuando iban a bajar, sonó de nuevo la radio.

—Inspector Almirall —se anunció.

—Inspector, es acerca del hombre cuya casa vigilábamos, Germán Romero —le habló la misma Elena Basora—. Nos acaban de comunicar que ya ha llegado, borracho, tambaleándose. Dudan de que vuelva a salir. ¿Qué hacemos?

—Estamos en Hospitalet, cerca. Llegaremos en un rato, media hora, quizá más. Que esperen. Si vuelve a salir, le siguen y me avisan.

—Bien, señor.

—¿Algo del GPS de Eva Romero?

—No, nada.

—Gracias, Elena.

Víctor ya estaba fuera del coche, esperándole.

30

En la entrada de la Fira, a la izquierda, se extendía el largo mostrador de información y acreditaciones. Media docena de azafatas pululaba por allí, con sus sonrisas a punto. Vestían de rojo, trajes chaqueta ceñidos, blusas blancas con un lazo en el cuello, faldas cortas, gorrito. Por lo menos no llevaban zapatos de tacón de aguja. Habría sido un martirio para ellas. No obstante, algunas si calzaban tacones, aunque fueran gruesos. Los asistentes a la convención entraban y salían con sus distintivos colgando del cuello. Debía de ser internacional porque vieron rasgos de diferentes países, sobre todo orientales.

—Como esté al otro lado de todo este tinglado y tengan que ir a por ella... —Víctor evaluó las posibilidades de que la localizaran rápido.

Fue Daniel el que habló, inclinado sobre el mostrador por la parte señalizada con la palabra *información*. Le mostró la credencial a la chica del otro lado y fue directo.

—Quiero ver a una azafata llamada Carlota Miranda.

La muchacha, unos veinte años, carita redonda, miró a su izquierda.

Daniel siguió la dirección de los ojos.

A veces existía la suerte.

—Es aquella, señor. La más alta.

Eran tres, y estaban junto a uno de los tornos, preparadas y dispuestas para ayudar en lo que fuera al personal asistente. Sonreían. Y les sonrieron a ellos al aproximarse. Daniel aún llevaba su placa en la mano.

—¿Carlota Miranda?

—¿Sí? —la credencial la hizo reaccionar como todos.

Incredulidad.

—¿Podemos hablar con usted?

—¿De qué? Estoy trabajando y ahora mismo…

—¿No la ha llamado su novio?

—¿Esteban? No. Bueno… no sé —les mostró las manos vacías—. No nos dejan llevar móvil. ¿Han estado en mi casa?

—Queremos hacerle unas preguntas acerca de Eva Romero.

—¡Ay! —se llevó las manos a la boca—. ¿Qué le ha pasado?

—¿Cuándo fue la última vez que la vio?

La azafata empezó a venirse abajo.

—¡Ay, Dios! ¡Le ha pasado algo! ¿Verdad?

—Responda, por favor.

—¡Hace una semana comimos juntas! ¡Anteayer había quedado con ella y no se presentó! ¡La llamo al móvil y no contesta! ¡Eva siempre tiene el móvil conectado, por el trabajo! ¡Hemos de estar localizables! —los nervios acabaron por desarbolarla—. ¿Para qué la buscan? ¿Qué sucede?

Daniel la cogió por el brazo. La apartó de sus dos compañeras. Carlota Miranda no ofreció la menor resistencia. Se dejó guiar, aunque solo fueron unos metros, hasta quedar separada del resto. En los ojos titilaba el miedo.

Esta vez, Daniel Almirall fue directo.

—Su amiga fue asesinada anteayer, Carlota.

Le miró como si fuera irreal. El miedo de los ojos se convirtió en zozobra y, como si fuera un efecto rebote, la llevó al pánico. Se le doblaron las piernas. Daniel ya estaba preparado. La sujetó por los dos brazos. Víctor no tuvo que intervenir.

—Dios… —exhaló sin apenas voz.

—Venga.

La condujeron hasta la parte más alejada del mostrador y buscaron una silla. Las demás azafatas ya se estaban dando cuenta de que algo malo sucedía. Una hizo ademán de acercarse, pero Víctor lo evitó con un simple gesto de la mano, poniéndola como pantalla. Carlota Miranda estaba blanca.

—Traiga agua —le pidió Daniel a su compañero.

Se quedó con ella. Víctor no caminó demasiado. Una de las chicas le pasó una botellita de agua en cuanto se la pidió. Carlota tenía la vista fija en el suelo. Cuando le dieron la botellita la apuró como si hiciera un mes que no bebía.

Le costaba respirar.

—Lo siento —dijo Daniel cogiendo otra silla para sentarse delante de ella.

—¿Cómo…?

—Le dieron una paliza, la ahogaron y luego echaron su cuerpo desnudo al río Llobregat.

Dilató los ojos.

Cada parte penetró en su mente como un cuchillo en la mantequilla.

«Paliza», «Ahogaron», «Río».

—Carlota —no esperó más Daniel—. Necesitamos hacerle unas preguntas.

—¿Ahora? —se estremeció.

—Me temo que sí.

—Yo… no puedo decirles mucho.

—Eran amigas.

—Pero ya no vivíamos juntas.

—¿No compartían confidencias, secretos, intimidades…?

—Antes sí, claro. Pero desde que se marchó… Nos veíamos poco y no me hablaba de con quién salía o con quién se veía. Del trabajo sí, pero la vida íntima… Era… Era muy suya.

Daniel decidió dar un rodeo.

—¿Cómo se conocieron?

—En un *casting*. Nos rechazaron, fuimos a tomar algo para consolarnos, nos contamos nuestras penas y eso fue todo. Conectamos rápido. Yo le dije que tenía trabajo de azafata más que de modelo y le interesó, porque estaba mal de dinero.

—Nos han dicho en la agencia que era una mujer difícil.

—No, no lo era. Solo quería ganar lo que creía que merecía.

—Según la dueña, era ambiciosa.

—¿Y quién no lo es en lo nuestro?

—¿Dinero fácil?

Carlota Miranda se echó para atrás. Quedaba un poco de agua en la botellita. La apuró y siguió sosteniéndola entre las manos. El *shock* por la muerte de su amiga pesaba, todavía era una densa bola de hielo en la cabeza, pero la última pregunta de Daniel le estaba doliendo.

—Mire —trató de ordenar sus ideas—. Aquí, en estos congresos, se reúnen cientos de tipos solitarios que quieren pasárselo bien al acabar el día. Nosotras somos las que estamos más a mano. Nos pasamos horas diciendo que no a sus proposiciones. Les decimos que para eso hay otras, ahí afuera, o anunciándose en los periódicos. Pero si alguna cae, porque el tipo le gusta o porque piensa en sacarse un plus, es cosa suya. Allá cada cual. Eva no era de esas, y sin embargo a veces salía con alguno, sí. ¿Y qué? Le gustaba pasárselo bien, llevar ropas bonitas, salir, lucirse. No había nada de malo en eso, se lo aseguro. Era joven, guapa… ¿Qué iba a hacer?

—¿Salieron alguna vez juntas con esos hombres?

—Un par de veces, sobre todo si me lo pedía para no hacerlo sola. Para algo éramos amigas y vivíamos juntas.

—¿Por qué dejaron de compartir piso?

Carlota Miranda cerró los ojos un instante. Quería estar sola, probablemente llorar. Y no podía. El interrogatorio la estaba matando poco a poco.

La sumía en un pozo oscuro.

—Se marchó de casa porque quería más intimidad.

—¿Le dijo eso o lo dedujo usted?

—Me lo dijo.

—¿Intimidad para hacer su vida o para estar con hombres?

—Intimidad, no sé. Para todo, imagino. A veces era imprevisible.

—¿Y vivía sola desde entonces?

—Sí.

—¿Tiene su dirección?

Vaciló un momento. Fue fugaz.

—Calle Capitán Arenas esquina con Manuel de Falla, subiendo a la izquierda.

—¿No le consta ningún novio reciente?

—No.

—Pero una mujer como ella… saldría con alguien, ¿no?

—¿Por qué? ¿Solo por ser guapa? —le miró como si fuera un cerdo machista—. A veces se necesita un poco de soledad.

—¿Sabe que si nos oculta información en un caso de asesinato puede acabar en la cárcel?

—¡No lo sé! —apretó los puños hundiendo las uñas en su piel—. ¿Qué más me daba que saliera con Juan, Pedro o Miguel? ¡Por Dios! ¡Yo me lie con Esteban y ella ni me preguntaba! ¡Lo más seguro es que tampoco habláramos de hombres si nos hubiéramos visto anteayer, por mucho que le cueste creerlo!

—Las amigas lo hacen.

—¡Nosotras no! ¡No tiene ni idea de lo que es ser modelo y que todo el día te vengan detrás, babeando como posesos! ¡Pasamos!

—¿Así que no cree que Eva tuviera… un amante, por ejemplo?

—¿Por qué dice eso? —volvió a estremecerse.

—Porque conozco esa zona de Barcelona, la calle Capitán Arenas, y porque cerca viven unos amigos míos —Daniel hablaba muy despacio, cortando el aire con cada palabra—. Los pisos son caros, la mayoría de propiedad, y los alquileres altos. Si vivía sola y no trabajaba demasiado, alguien tendría que ocuparse de los gastos, ¿no cree?

—Eva no era una puta —jadeó.

—No digo que lo fuera. Solo que podía estar con alguien. Nada más.

Carlota Miranda hundió la cara entre las manos.

Daniel esperó.

—Hablen con su antiguo novio —dijo la azafata ahogadamente.

—Roberto —mencionó él—. Ya lo hemos hecho. En la cárcel.

—¿Y qué que esté en la cárcel? —levantó la cabeza. Tenía los ojos enrojecidos—. Estaba loco por ella, y lo mismo su hermano Manuel. Roberto se obsesionó. Le dijo aquello de «si no eres mía, no serás de nadie». ¿Le suena? Es lo que dicen todos los maltratadores del mundo. Y Manuel… —hizo una mueca—. Ese crío la seguía a todas partes, la espiaba, y no por cuenta de su hermano, no. Eva tuvo que pararle los pies un día. Manuel le dijo entonces que la quería. Eva ya no supo si reír o llorar. No era más que un niñato colgado, pero violento como su hermano mayor.

—¿Nadie más, Carlota?

Un segundo, dos, tres.

—No, nadie más que yo sepa.

—¿Quiere que el que lo hizo pague por ello?

—¡Pues claro! —no entendió la pregunta.

Daniel le entregó su tarjeta.

—No se la juegue conmigo —fue parco—. Llámeme.

Carlota Miranda tragó saliva.

Parecía una muñeca rota.

Y asustada, muy asustada.

—Siento haberle dado la noticia —se levantó de la silla—. ¿Estará mañana aquí?

—No, el congreso acaba hoy. ¿Por qué?

No hizo falta que le dijera que era para tenerla localizada.

—Tenga cuidado —se despidió Daniel.

Dio media vuelta seguido por el silencioso Víctor.

31

De vuelta a la casita de Germán Romero, Víctor Navarro volvió a decirlo.

—¿Les ha soltado que Eva estaba muerta a los dos Salazar, a la dueña de la agencia y a Carlota Miranda, solo para ver cómo reaccionaban?

—Sí.

—¿Y?

—En la academia te enseñan de todo, métodos, técnicas, tácticas... Pero hay una cosa que se tiene o no se tiene. ¿Sabe lo que es?

—Instinto.

—Exacto. De las cuatro personas que ha mencionado, tres mienten. Ahora hay que averiguar por qué, y qué saben, pero no sin cerrar el círculo de sospechosos y completar la primera parte de la investigación —Daniel miró a su compañero—. ¿Qué habría hecho usted si llevara el caso?

—Yo me habría guardado ese as en la manga. Mañana ya será imposible ocultar que la mujer muerta en el Llobregat era ella —aceleró cuando un semáforo estaba a punto de ponerse rojo—. ¿Por qué no les ha apretado las tuercas?

—Dejemos que asimilen la realidad. Carlota Miranda no la mató, pero sabe más de lo que dice acerca de Eva. Roberto Salazar es un candidato potencial, lo mismo que Manuel. Pero ambos han reaccionado de forma tremenda al saber que ella estaba muerta. No fingían. Así que nos faltan piezas, descubrir con quién salía o con quién se veía. Sabiendo que vivía donde nos ha dicho su amiga, va a ser más fácil. Estamos estrechando el cerco, aunque seguimos lejos, está claro. Un puzle no se resuelve hasta que encaja la última pieza.

—¿Y si mañana seguimos igual?

—Entonces sí, habrá que apretarles las clavijas, sobre todo a la tal Carlota.

Llegaban a la vivienda del padre de Eva Romero cuando la radio volvió a interrumpirlos. La voz de Elena Basora le comunicó el último parte.

—El móvil de esa mujer tenía que ser de prepago. No hay rastro de él.

Daniel hizo un gesto de contrariedad.

La despidió e hicieron la parte final del recorrido en silencio.

La casa, el panorama, el paisaje y la sensación de lejanía no habían variado desde su primera visita. El coche de Germán Romero estaba allí, frente a la puerta. La pregunta era cómo había podido conducir estando borracho. Tal vez fuese una distancia corta, por el barrio. Cuando pusieron un pie en tierra, los del coche patrulla que vigilaban la casa desde una corta distancia se les acercaron.

—Sigue ahí dentro, y con lo cargado que iba... —dijo uno de los agentes.

—Tiene para rato —certificó el otro.

Los despidieron y se quedaron solos.

—¿Y si no puede ni abrir la puerta? —soslayó Víctor.

—Vamos a ver.

Llamaron tres veces sin el menor resultado. Al otro lado de la puerta el silencio era absoluto. Cuando se apartaron, primero examinaron el coche, sucio, polvoriento, con latas y porquería en los asientos y por el suelo. Estaba cerrado con llave. Dieron la vuelta a la casita, casi pegada a las dos de los lados, y encontraron una ventana abierta. Solo tuvieron que separar las cortinas para atisbar en el interior y ver que era el dormitorio del dueño de la casa, que dormía boca arriba, vestido, respirando fatigosamente, como si tuviera apnea.

—¿Qué hacemos? —vaciló Víctor.

La respuesta de Daniel fue colarse dentro, pasando una pierna por el alféizar de la ventana.

Su compañero le siguió.

Llegaron junto al dormido.

—Señor Romero.

Nada.

—Señor Romero —le movió un poco Daniel.

Mismo resultado.

—No creo que despierte ni con una bomba —manifestó Víctor.

—Ese hombre ha perdido a su hija. Hemos de comunicárselo y ver qué nos dice —fue inflexible.

—¿Y si nos denuncia por allanamiento de morada?

Daniel le miró con un deje de ironía.

—No podemos echarle un cubo de agua, como si tal cosa, pero hay que despertarle. Voy a ver qué encuentro. Quédese aquí.

—Bien.

Daniel salió de la habitación. La casa olía que apestaba, aunque no se trataba del clásico síndrome de Diógenes. Apestaba por sucia, por los restos de comida que se pudrían en la cocina y por las huellas de los vómitos secos repartidos por la sala. Un huracán parecía haber derribado todas las fotografías de un aparador. Los restos seguían en el suelo, sin ser recogidos. Abrió la única puerta cerrada y se encontró con la única habitación limpia, con la cama hecha y las cosas en su sitio. Una habitación femenina.

La de la hija díscola.

Mantenida como un santuario.

Cerró la puerta y entró en el baño. La toalla no era más que un trapo mugriento, pero no había otra cosa. La mojó con agua y regresó a la habitación principal. Víctor contemplaba los dos cuadros de encima de la cama y el crucifijo.

—También tiene una Biblia en la mesita —se la señaló.

—Veamos si reacciona —Daniel se sentó al lado del hombre.

Le pasó la toalla mojada por la cara, hasta dejársela en la frente.

—Señor Romero.

Logró que abriera los ojos.

Rojos, desvaídos.

—Señor Romero, somos policías. Hemos de hablar con usted.

El padre de Eva consiguió mantener fija la mirada unos instantes. Poco a poco fue asimilando la situación.

Su casa, unos extraños…

—¿Quién…?

—Policía. Tranquilo.

No lo estaba. Despertó de golpe y se agitó hasta quedar medio sentado en la cama a causa del susto. Hundió en ellos una mirada temerosa, agónica.

—¡El Señor vigila! —anunció.

—Y está con usted y con nosotros, sí —dijo Daniel—. ¿Se encuentra bien?

No contestó. Respiraba fatigosamente.

Luego alargó la mano, atrapó la Biblia y la apretó contra su pecho.

Un escudo.

—Señor Romero, por favor, ha de escucharme. Nos iremos enseguida, ¿de acuerdo?

—¿Enseguida?

—Sí.

—¿Qué quieren?

—Se trata de su hija, señor.

—Yo no tengo ninguna hija —se santiguó.

—Sí la tiene. Eva.

—Se fue —las pupilas parecieron bailar en sus órbitas.

—¿Quiere una taza de café, para despejarse? —preguntó Víctor.

No había visto la cocina. De haberlo hecho sabría que difícilmente podía tener café en alguna parte. Daniel fue a continuar, pero la reacción de Germán Romero se lo impidió.

—¡No quiero café! ¡No quiero nada! ¡Váyanse!

Hora de acabar.

Por duro que fuese.

—Señor Romero, lamento comunicarle que su hija Eva ha muerto.

Los ojos del hombre se convirtieron en dos piedras.

Inanes.

Frías.

—¿Me ha entendido, señor?

Tenía las manos blancas de tanto apretar la Biblia. No era viejo del todo, pero lo parecía. Abrió y cerró la boca una vez. Bajo la calma, la guerra silenciosa estaba bombardeando todo su cuerpo.

—Eva... —musitó.

—Alguien la ha asesinado, señor Romero.

Debieron de pasar diez segundos. Lo que tarda un campeón olímpico de los cien metros en recorrer su distancia, se convirtió en algo eterno para ellos. Los ojos de piedra se volvieron de gelatina. La Biblia resbaló de entre sus manos. El cuerpo se le quebró.

Germán Romero cayó hacia el otro lado y se echó a llorar.

Daniel le hizo una seña a Víctor. Los dos salieron de la habitación unos instantes. Se quedaron en el pasillo, sin saber muy bien qué hacer. Los gemidos del hombre eran patéticos, con la boca hundida en las mugrientas sábanas.

Daniel llevó aire a sus pulmones, a pesar de lo mal que olía todo.

El padre de Eva podía ser un mal bicho, pegarle, portarse como un idiota, pero era su padre y ella era su hija.

—¿Qué hacemos? —cuchicheó Víctor.

—Darle un par de minutos.

—Bien.

Le dieron tres, hasta que los gemidos menguaron y un extraño silencio los envolvió. Entonces regresaron junto al hombre y se quedaron al pie de la cama. Esperaron a que él notara de nuevo su presencia, y cuando se incorporó, despacio, entraron en la parte final de la visita.

—Lo sentimos —dijo Daniel.

—Dios da. Dios quita —exhaló.

—Mañana le mandaremos un coche para llevarle a que identifique el cuerpo. No tendrá que venir usted. ¿Conforme?

No dijo nada.

—¿Me ha entendido, señor Romero?

—Mañana, sí —asintió.

Ninguna pregunta.

Quizá era demasiado para él.

Muerta. Asesinada.

Demasiado, sobre todo saliendo de una borrachera, aunque solo fuese parcialmente.

—¿Necesita algo, señor? —fue lo último que preguntó Daniel.

—Sí, que me dejen solo —respondió el hombre nuevamente inexpresivo.

32

El edificio de la calle Capitán Arenas donde vivía Eva Romero no era nuevo ni espectacular, pero sí tenía pedigrí, detalles de confort y comedido lujo. Destilaba la clase de los burgueses de las zonas altas de Barcelona, sin alardes estentóreos pero tampoco concesiones a la sencillez. Tenía aparcamiento propio, ninguna tienda en los bajos, y las terrazas de la fachada lucían plantas, muebles y cortinas para los momentos de intimidad. Ni Daniel ni Víctor lo comentaron. No era necesario.

Pero los dos pensaron lo mismo.

Eva iba convirtiéndose en una caja de sorpresas.

Algo también normal en la mayoría de casos de asesinato.

La puerta del vestíbulo estaba abierta. El conserje, que se estaba quitando la bata azul como si se dispusiera a irse, hablaba con una vecina. Al verlos entrar, la vecina se disculpó y salió a la calle. El hombre se dirigió a ellos.

Lo primero que notaron fue que no había buzones.

—¿A qué piso van? —les hizo la pregunta de rigor.

Ellos también hicieron el gesto de rigor: mostrarle sus acreditaciones.

—¿Policía?

—¿Vive alguien en el piso de la señorita Eva Romero?

—No, no, ella sola, ¿por qué?

—¿Tiene llave?

—Algunos vecinos me dejan una copia, sí.

—Necesitaríamos entrar y echar un vistazo. Acompañados por usted, naturalmente.

—¿Cómo dice?

—La señorita Romero ha sido asesinada, señor.

Recibió la noticia como la mayoría. Impacto, incredulidad, sorpresa… Y casi de inmediato dolor.

—¿A… se… sinada?

—Lo lamentamos.

El hombre tuvo que apoyarse en la mesa de la entrada, limpia, sin nada encima, con su silla trono detrás. Un conserje de un edificio como aquel tenía que ser un poco rey, un poco presidente, un poco árbitro.

—¿La conocía bien?

—Como… —tuvo que pararse a respirar—. Como a cualquier vecino o vecina. Ni mucho ni poco. Lo normal. Dios mío esto es…

—¿Se encuentra bien?

—Sí, sí —se pasó una mano por la cara, blanca como la cera, casi a punto de marearse—. Comprendan que algo así… ¡Una chica tan joven y guapa! Pero… —insistió—, ¿asesinada, en serio?

Ya le habían dado la noticia.

Quedaba pisar a fondo. El día estaba terminando.

—¿Lleva usted aquí mucho tiempo?

—Unos meses. No muchos.

—¿Recibía visitas?

—¿Se refiere a hombres?

—Hombres o mujeres. Pero sí, básicamente hombres.

—No sabría decirle porque… Bueno, de día no, desde luego. Pero tengan en cuenta que yo me voy a esta hora. Lo que pasa después ya no sé. Y menos de noche.

—¿Nunca subía nadie? —insistió Daniel.

—Sí, claro. Usted ha dicho «visitas», y eso no. Pero un hombre sí he visto, aunque…

—¿Aunque?

—Pues que tampoco han sido muchas veces. Estando yo aquí, en mi puesto, media docena a lo sumo.

—¿El mismo?

—Sí, sí.

—¿Aspecto?

—Cuarenta y pico, más o menos. Cuarenta y cuatro, cuarenta y cinco, cuarenta y seis… No tengo muy buen ojo para esto. Mediana estatura, cabello negro, ropa informal, atractivo… Se parece a ese actor, el de las películas de *Misión imposible*.

—Tom Cruise.

—Ese.

—¿Y ese hombre tiene llave?

—Pues… del piso no lo sé, aunque imagino que sí porque bien que entra en el garaje con el mando. De todas formas, las veces que le he visto, ella siempre estaba arriba, así que podía abrirle la puerta por sí misma. Cada vecino dispone de una plaza de aparcamiento, y la señorita Romero no tiene coche. La plaza la usa él cuando viene. Una vez en el garaje, hay un ascensor que lleva a los pisos y ahí ya no sé nada más.

—¿Recuerda el tipo de coche?

—Un Audi.

—¿Modelo?

—Ni idea. Lo de la marca lo sé por las cuatro ruedecitas esas que tiene entrelazadas horizontalmente.

—¿Color?

—Negro.

El interrogatorio era ahora eléctrico.

—¿Se quedaba mucho rato?

—Una hora… Otras seguía al irme. Pero le repito que no han sido muchas estando yo aquí.

—¿Le dijo Eva Romero quién era ese hombre?

—No. Solo que tenía acceso al garaje porque ella le había dado el mando de apertura de la puerta.

—¿Nadie más?

—No que yo recuerde.

—¿Amigas?

—No.

—¿Algún horario…?

—Qué va. Supongo que por las noches llegaba tarde y se acostaba a las tantas porque nunca la he visto salir antes de mediodía. Era modelo, ¿no? Imagino que esos trabajos son siempre por la tarde o por la noche, digo yo —quiso dejarlo claro—: Le repito que yo me voy a esta hora, y puntual, porque tengo familia.

Daniel hizo caso omiso de la posible pulla por hacerle perder el tiempo, por más que las circunstancias fuesen obligadas.

—¿Sabe si hizo amistad con algún vecino?

—No creo —el conserje arrugó la cara—. Aquí vive gente mayor, con cierto nivel. Hay un abogado, una arquitecto, un par de empresarios… Ella es… era una *rara avis*. Muy amable, simpática, pero con poco que ver con el resto. A mí, como mucho, solo me comentaban lo guapa que era y cosas así. Cuando alguna vecina pretendía sonsacarme lo tenía mal. Primero porque no sé nada. Y segundo porque soy muy discreto —sacó pecho con orgullo—. He de serlo en un puesto así, ¿saben?

—Claro —asintió Daniel—. ¿Correspondencia? Veo que no hay buzones.

—No, yo recojo todo el correo y lo subo a los pisos. Ella apenas si recibía propaganda.

—También las facturas del agua, la luz o el gas, ¿no?

—No, eso debía ir a la contabilidad del dueño.

—¿El dueño?

—El señor Villagrasa, el constructor. El piso es suyo. Creo que este fue uno de los primeros edificios que construyó cuando empezó. Aún le pertenecen dos o tres pisos más. Los gastos de la señorita Romero los paga él.

—¿Qué relación tenían?

—No lo sé, inspector. No tengo ni idea. Pensé que eran familia.

—¿Conoce al señor Villagrasa?

—Sí, estuvo aquí cuando hubo que reparar la fachada, hace dos o tres años.

—¿Y él no visitaba a la señorita Romero?

—No, nunca.

Víctor sostuvo la mirada de su superior.

Daniel la apartó rápido.

—Hemos de subir a echar un vistazo —le dijo al conserje.

El hombre vaciló.

—Oigan, esto… ¿es legal?

—Se ha producido un asesinato. Quizá la mataron ahí, en su propio piso. Querrá que detengamos al criminal, ¿no?

—Por supuesto.

—Coja la llave y acompáñenos.

—Sí, señor.

Fue al cuartito donde guardaba los aperos de limpieza, su ropa, un ventilador para el verano, una estufa para el invierno, y abrió un cajón cerrado con llave. Cogió la del piso de Eva Romero. Luego se dirigieron al ascensor en silencio.

Cuando bajaron en el rellano, vieron que solo había dos puertas. La de Eva era la primera.

—No toque nada —le previno Daniel.

Fue el primero en cruzar la puerta. Se puso unos guantes de plástico nada más hacerlo. El conserje pareció dejar de respirar. Lo miró todo como si el asesino estuviera escondido en alguna parte.

La sangre estaba en el suelo del mismo recibidor.

No demasiada, pero sí evidente.

Daniel se agachó. Rozó con el dedo meñique de la mano izquierda una de las manchas.

—La golpearon nada más abrir la puerta —comentó.

—¡Ay, Señor! —oyeron gemir a su acompañante.

—¿Y ni siquiera se molestaron en limpiarla? —se extrañó Víctor.

—¡Tuvo que venir cuando yo ya no estaba! —insistió el conserje.

Rodearon las manchas y se adentraron en el lugar. No había pasillo. La entrada se comunicaba directamente con una gran sala. El piso era cuadrado, espacioso, pero con pocos muebles salvo un enorme televisor de plasma, dos butacas, un sofá y una librería sin libros. Una pared daba a la terracita exterior. Las otras estaban llenas de imágenes de Eva, fotografías, anuncios o pósteres, vestida, desnuda, posando, riendo. Un altar en su propio honor. Uno de los desnudos, integral, era artístico, pero también salvajemente erótico. Quizá no tuviera mucho trabajo de modelo, quizá la cámara no la amara lo suficiente, pero, para un profano, era una diosa que rebosaba energía y transmitía sexualidad.

No había fotos de nadie más.

La cocina quedaba a la derecha. Limpia. Un enorme ramo de flores que ya se marchitaban rápidamente presidía la mesa. Al lado, una tarjeta: *Con mi amor, Joaquín.*

Daniel se lo señaló al conserje.

—Lo trajeron hace tres días —le informó él.

—¿Quién?

—Un repartidor. Me lo quedé yo hasta que ella volvió, porque fue por la tarde y había salido.

—¿Recuerda el nombre de la floristería?

—No, era un chico normal y corriente. No vi ni siquiera si lo traía en coche o en moto.

Lo último que hicieron antes de salir de la cocina fue mirar la basura.

Nada relevante.

Las habitaciones estaban a la izquierda, con un distribuidor en medio. Contaron tres y el cuarto de baño; una grande, de matrimonio, con una cama enorme; una pequeña, con una cama individual, y un trastero en el que vieron una tabla de planchar, escobas y cubos. En la grande la cama estaba deshecha, con las sábanas revueltas. Daniel la examinó despacio, buscando restos, cabellos, manchas, lo que fuera. Luego abrió el armario, siempre en presencia del conserje. Mucha ropa, buena y variada, zapatos, bolsos. En los cajones, las prendas interiores, sujetadores, bragas, medias. Todo ordenado.

El señor Villagrasa podía pagar los gastos de agua, luz o gas, pero en el cajón de la mesita de noche encontró extractos bancarios a nombre de la muerta.

La ojeada fue tan rápida como simple.

Se lo enseñó a Víctor.

—Mil euros al mes, puntualmente, el día uno.

—Así que, además de pagarle todo, le pasaba un sueldo —dijo el subinspector.

—Eso parece —volvió a dejarlos en su lugar tras apuntarse el número de cuenta.

Regresaron a la sala.

Les fue difícil no volver a mirar los retratos de Eva, especialmente el enorme desnudo a tamaño natural.

—Si abrió la puerta, tuvo que ser alguien conocido —evaluó Víctor.

—No siempre —Daniel parecía buscar algo con la mirada—. La gente se cuela en las casas cuando entra o sale alguien, o llama a un timbre y le abren sin preguntar. Una vez en el piso… —se mordió el labio inferior y suspiró—. Se da cuenta de lo que falta, ¿verdad?

—La mayoría de personas tiene un ordenador portátil, o al menos una *tablet* —asintió Víctor Navarro—. Y, desde luego, tampoco hay ni rastro del móvil de Eva.

Daniel se volvió hacia el conserje, que ahora llevaba unos minutos callado, superado por los acontecimientos.

—Me temo que tendrá que darme las llaves de este piso, señor. Habrá que precintarlo y nadie puede entrar aquí mientras tanto. Mañana mandaré a un equipo para que lo analice todo, ¿me comprende?

Lo comprendía.

En realidad, muerta o no su vecina, lo que quería era irse a casa cuanto antes.

Al otro lado de los ventanales, la noche había caído ya sobre Barcelona.

33

Sintió todo el peso del largo día en cuanto cruzó el umbral de la puerta de su piso.

Hogar dulce hogar.

Fue directo a la habitación. Se quitó el traje, la corbata, la camisa y los zapatos. Se puso cómodo, pantalones de chándal y zapatillas. Por encima, la camisa del pijama. Estaba acabando cuando entró Gloria.

—¿Ah, ya has llegado? No te he oído.

—Soy sigiloso.

—Ya. Lo que pasa es que estaba en la cocina. Yo también he llegado hace poco del trabajo.

—Ven aquí.

—¿Qué pasa?

—Nada, ven.

Fue hacia él y Daniel la abrazó.

—Vaya —le susurró su mujer al oído.

La besó en los labios.

La apretó un poco más de lo normal.

—Esta mañana, salido. Y ahora esto —Gloria le miró a los ojos.

—No estaba salido.

—Pues lo parecía. Si quieres nos acostamos pronto.

—¿De verdad?

—De verdad.

—¿Luego no te dolerá la cabeza?

—¡Pero qué burro es usted, inspector Almirall!

Se apartó de su lado y la siguió. Por el pasillo se cruzó con su hijo mayor. Ya era más alto que él.

—Hola, superpoli —lo saludó.

—Anda, cállate.

—¿Has pillado a muchos malos? ¿Puedo salir mañana tranquilo a la calle?

A veces tenía ganas de ahogarle.

Él no tenía que ver cuerpos muertos como el de Eva Romero.

Ni buscar al que la había asesinado.

—Tú ríete —se rindió sabiendo que era una batalla perdida.

Marcos se metió en su habitación. De la de Nuria salía una música ahogada. Daniel siguió caminando hasta llegar a la sala.

Allí estaba el teléfono, sobre la mesita, entre las dos butacas.

Sin pensárselo dos veces, instintivamente, se dejó caer en una de ellas y lo descolgó.

Tuvo que mirar en la memoria del móvil para recordar el número de su hija mayor.

Pensó que no estaría en casa.

Pensó que estaría tomando algo con las amigas, o en el cine, o con un chico, o…

—¿Mamá?

—No, soy yo.

—¡Ah, hola papá!

—¿Qué hay?

—Nada. Aquí viendo una peli en la tele, en pantuflas y tragando palomitas.

—Entonces interrumpo.

—¡No! Si ya la he visto. Es que no dan nada que sea potable, salvo concursos idiotas y programas de telerrealidad. ¡Yo no tengo televisión por cable como algunos!

—Puedo regalártela por tu cumpleaños.

—¡Míralo, generoso!

—No haberte ido de casa.

—Papá…

—Es broma —alargó la «o» un par de segundos.

—¿Qué querías?

¿Quería algo?

No.

Solo hablar con su hija.

Una hija con la misma edad que Eva Romero.

Solo que diferente.

—Nada, ver cómo estás.

—¡Uy, papi añorante!, ¿eh? —se burló Susana.

—No, mujer.

—Tranqui, el domingo voy a comer.

—Vale.

—¿Todo bien?

—Sí, sí, bien. Mucho lío, pero…

—¿Te ocupas tú de lo de esa chica que han encontrado desnuda en el Llobregat?

Muchas personas no leían periódicos. Muchas no veían los informativos de la televisión. Pero las que leían y estaban al día, sabían qué sucedía en el mundo.

Se alegró de que Susana fuera una de ellas.

—Sí —reconoció.

—Vaya —dijo Susana como si de pronto lo entendiera todo.

—No seas tonta.

—¿Qué edad tenía?

—Iba a cumplir veinticuatro.

—Papá…

—En serio, solo quería hablar contigo.

—Pues yo estoy bien, ya lo sabes.

—Vale, te dejo ver la peli.

—Venga, un besito. O dos. El domingo, ¿eh?

—Te quiero.

—Y yo a ti, superdetective.

Hora de colgar.

No se movió de la butaca. Había un extraño silencio en la casa. En quince minutos cenarían y trataría de olvidarse de Eva Romero, de que el caso seguiría por la mañana, y de que si no lo resolvía en las siguientes veinticuatro horas…

Por lo menos, Gloria le había prometido el cielo para intentar que dejara de pensar en el infierno terrenal.

TERCERA PARTE

EVA

34

EL CONSTRUCTOR

Al subir al coche para ir al despacho, recordó que tenía el móvil en silencio y lo sacó del bolsillo. Nada más volver a conectar el sonido, encontró la lista de llamadas perdidas y mensajes de WhatsApp.

Las llamadas eran de Carlota Miranda.

Nueve.

Desde la noche anterior hasta unos minutos antes.

—¿Te has vuelto loca? —le dijo al teléfono.

No supo qué hacer.

Y aún menos cuando el móvil se puso a sonar.

Florentino Villagrasa pegó un respingo, asustado. En el interior del coche la música sonó casi como la de una discoteca en miniatura. Siempre decía que iba a cambiarse el tono y nunca lo hacía. Esta vez tomó la decisión en serio.

¿Pasaba de ella?

No, volvería a llamarle una y otra vez, y en el despacho...

Mejor hacerlo allí, sin oídos ajenos.

O se había vuelto loca o...

—¿Qué quieres? —le gritó nada más abrir la comunicación.

Lo esperaba todo menos aquello.

—Hijo de puta...

No fue un grito. Fue más bien una voz arrastrándose por un pedregal. Una voz pastosa, agria, espesa.

Como si estuviera ahogada en alcohol.

—Carlota, ya vale —intentó frenarla.

Entonces sí, la tormenta.

—¡La mataste, cabrón!

Y tras el alarido, el derrumbe, el llanto histérico y patético audible a través de la línea.

Florentino Villagrasa se quedó sin aliento.

—¿Qué? —balbució.

Ni siquiera estaba seguro de haber oído bien.

«¿La mataste, cabrón?».

Carlota Miranda seguía llorando.

—Oye, ¿pero qué…?

—¡Has matado a Eva!

El constructor supo que, de pronto, toda su sangre acababa de evaporarse.

Estaba frío.

—Espera, ¡espera! ¿De qué demonios estás hablando?

—¡Ya lo sabes, hijo de puta!

La idea se hizo un enorme hueco en su mente.

—¿Eva está… muerta?

—¡La golpeaste, la ahogaste, la desnudaste y la echaste al río! ¡Mierda…! ¿Cómo pudiste…?

La mujer de las noticias.

Eva.

¡Eva!

Florentino Villagrasa empezó a sudar.

Tuvo una arcada.

La dominó a duras penas, pero fue como si todo el garaje se le viniera encima, dando vueltas a su alrededor.

—¡Esto te costará caro! —reapareció la voz de la amiga de Eva en su oído.

¿Caro?

—Carlota, por Dios…

—¡Lo hiciste!

—¡Pero si ni siquiera puedo creerlo!

—¡No mientas!

—¡No te miento!

—¡La policía me interrogó ayer!

Reapareció la arcada.

—¿Y qué les dijiste?

—¡Que no sabía nada, ni con quién salía, ni si…! —se cortó al faltarle el aire, pero solo un instante, porque ahora la rabia era superior al dolor—. ¡Me callé, cabrón! ¿Vale? ¡Pero esto te va a costar hasta la última gota de sangre! ¡Vas a pagar! —la explosión de ira reapareció—. ¡Vas a pagar y a darme lo que te pida o te juro que digo lo que sé!

—¡Joder, Carlota! —empezó a reaccionar al ver el chantaje—. ¡Trabajaba para mí! ¿Por qué iba a matarla?

—¿Y quién si no?

—¡No lo sé!

—¿En qué andaba metida? ¡Lo único que me dijo es que había mucho dinero de por medio y que iba a ganar una pasta!

—¡Y es así! —insistió el constructor—. ¡Todo era cuestión de dinero! ¡Iba a sacarse mucho! Te lo repito: ¿por qué iba a matarla cuando la operación aún no estaba cerrada? Dios… —se pasó la mano libre por la cara—. Ni siquiera acabo de aceptar que esté… muerta.

—Sabes que la policía llegará hasta ti, ¿verdad?

De pronto ya no era solo la empresa.

Era él.

¿Podía ir a la cárcel por…?

No, no había pruebas.

Y menos habiendo muerto Eva.

Eva…

Dejaron de gritar, de hablar. Lo único que se escuchó por el teléfono fueron sus respiraciones agitadas. A ambos lados la tormenta era sorda.

Los segundos se hicieron eternos.

—Carlota…

—¿Qué?

—Cálmate, por favor.

La pausa final fue demoledora.

—Si no la mataste tú… Sabes quién lo hizo, ¿verdad? —suspiró Carlota Miranda.

35

EN PASADO

FLORENTINO Y EVA

Había sido en el Construmat.

Todo previsible. Todo aburrido. Todo habitual. Como cada año. Había que ir, mejor estar presente, pero a la hora de la verdad... ¿Qué importaba todo aquello? Una cosa era la construcción y otra los negocios. Y los negocios eran la clave. Todo. Los negocios se hacían en secreto, en cenas, reuniones, salidas, a través de contactos, en los bancos, en los reservados de los restaurantes.

Nada que moviera millones se hacía a través de la transparencia.

No era como ir al supermercado a comprar tomates.

Así que caminaba distraído.

Dispuesto a marcharse a casa pronto.

Y entonces la vio.

Había muchas azafatas. Había muchas bellezas incluso en los estands, actuando de reclamo. Pero ninguna como aquella. Era como si Venus en persona hubiera bajado del Olimpo para dejarse ver entre los mortales.

No era el único que la miraba.

Un chino bizqueando y con la cabeza vuelta se daba de bruces contra un poste en ese mismo momento.

Sonrió.

Sin dejar de observarla.

Fijamente.

Era deslumbrante. Aun embutida en el uniforme de azafata, era deslumbrante. Y tenía curvas. Algo insólito. La mayoría de chicas parecían palillos, y eso que algunas llevaban dos enormes pechos implantados o mostraban la moda de los traseros prominentes. Pero de carne, poca. No había dónde agarrarse.

Se acercó un poco más.

No le veía la placa identificativa. No vislumbraba el nombre, aunque parecía corto. Llevaba el traje chaqueta con el botón situado sobre los senos muy apretado. Un pecho precioso. Ni grande ni pequeño. Perfecto, aunque la palabra perfección valiese para todo en ella. Cabello negro, recogido en un moño, enormes ojos de mirada penetrante, labios carnosos y carnales, de fuego rojo, nariz breve, manos de seda, piernas largas y bien modeladas, una cintura de verdadera avispa.

Casi podía olerla.

Sentirla.

Toda aquella atracción…

¿Por qué?

Nunca se había acercado a una mujer. Y mucho menos a una mujer como aquella, aunque sabía que era joven, veintipocos años. ¿Cuánto llevaba fuera de la circulación? Bueno, de hecho ya lo estaba incluso antes de casarse. Ni era un donjuán, ni tenía labia, ni era guapo ni era nada.

Dinero, eso sí.

Poder, un poco.

¿Acaso no valía eso para conquistar a algunas?

Se preguntó si ella sería de esas.

Intentó alejarse, pero no pudo. Dio una vuelta, y acabó en el mismo lugar. Fingió interesarse por un nuevo material para revestimiento de paredes, y siguió observándola de reojo. Lo curioso era que ella parecía notarlo todo, darse cuenta de cuanto pasaba a su alrededor.

La primera vez que sus ojos se cruzaron, los apartó rápido.

La segunda, tardó un poco más.

La tercera ya no lo hizo.

Ella le sonreía.

Sonreía a todo el mundo, para algo era una azafata de la feria. Pero pensó que la forma en que le sonreía a él era diferente.

—Florentino, el dinero se huele —solía decirle su amigo Lorenzo—. Yo entro en un restaurante, y nadie me mira. Lo haces tú, y una docena de ojos se vuelven hacia ti. Ni siquiera es el traje, el reloj o... No, es la forma en que los que estáis forrados os movéis.

¿Era eso?

¿Ella le estaba «oliendo»?

Todavía no se le acercó. Fingió más. Pero era un reclamo poderoso. El imán y la pieza de hierro atrapada por su influjo. La araña y la mosca. Dio vueltas en círculos para acabar en el mismo sitio, como los tiovivos. Ella estaba quieta. Reía echando la cabeza hacia atrás. Una sonrisa de dientes blancos y humedad en los labios. Besar una boca como aquella tenía que ser como disfrutar de un pastel de chocolate en plena hambruna. Tocar una piel como aquella debía de ser como tocar el cielo con las manos. Penetrarla sexualmente...

¿Era la primera vez en la vida que tenía fantasías así?

Iba a marcharse.

Fin.

Adiós.

Ya no tenía edad ni carácter para eso.

Y entonces...

—Hola.

Volvió la cabeza y se quedó helado.

O caliente.

—Hola.

—Me estabas mirando.

—Lo siento.

—No, ¿por qué? Estamos aquí para ayudaros. No has de ser tí-
mido.

La voz era cadenciosa. Tenía también un punto de seducción, de
magia en el tono.

—No lo soy —dijo él.

—Yo creo que sí, y es algo que me encanta —abarcó el salón
de la construcción con la mirada—. La mayoría parecen tanques.
Ven a una mujer y la avasallan. Es agradable encontrar a alguien
normal, humano.

Estaba tan atrapado por los ojos, que ni se atrevía a bajar los
suyos para verle la plaquita.

Al final lo hizo.

Eva.

—Me llamo Florentino —le tendió la mano.

Se echó a reír.

—Es chisposo —dijo.

—Eva en cambio es muy bonito.

—A mí me gusta porque es corto. Me gustan los nombres cor-
tos. Y además se escribe igual en casi todos los idiomas.

—Cierto.

—¿Puedo decirte algo, Florentino?

—Claro.

—Me mirabas como si nunca hubieras visto a una mujer.

Se puso rojo.

Pero ya no se echó para atrás. Ella hablaba con toda naturalidad.

—Es que como tú… pues no, nunca.

—¿No vas al cine ni ves revistas de moda?

—No.

—Verías que soy del montón.

—No creo.

—Entonces lo entiendo —se lo quedó mirando unos segundos,
como si decidiera algo. Le brillaban los ojos. Era la gata y él el ra-

tón. Un juego para dos. Pero no lo hacía porque estuviera aburrida—. ¿De veras te parezco diferente?

—Sí.

—¿Y especial?

—También.

—Eres un poeta —volvió a reírse—. Parece que te gusto.

—Mucho.

¿Acababa de decir eso?

¿Él?

Ni loco acabaría con ella. Lo sabía. Aunque pudiera, sería imposible. La imagen de su mujer se le aparecería y le cortaría todas las alas.

Nunca había sido «de esos».

Y sin embargo, estaba allí, tonteando con ella.

¿Tonteando?

—¿Eres parte de todo esto, Florentino?

—Constructor.

—Me gusta la gente que hace cosas.

—Y a mí la gente que las aprecia.

—¿Has visto *Casablanca*?

—Sí, esa sí, claro, mujer.

—¿Recuerdas el final, cuando el policía le dice: «Creo que este es el comienzo de una gran amistad»?

—Sí.

Estaban solos. No había nadie más cerca. Los hombres la miraban desde la distancia.

—¿Me darías mil euros por pasar la noche contigo, Florentino?

Se le paró el corazón.

Hasta que ella le besó la mejilla y le susurró:

—Es broma, hombre.

—Creo que… no lo es —aventuró él.

—¿Me los darías? —abrió mucho los ojos, casi estupefacta.

—Estoy casado —se encogió de hombros.

—¿Lo valgo?

—Claro.

—¿Estar casado es un problema?

—Para mí sí.

—Ya veo —se cruzó de brazos sin perder su elegante compostura—. Bueno, perdona este juego. La verdad es que me aburría mucho. No te sientas mal, en serio.

—Estoy bien. Al contrario. Ha sido… estimulante.

—Como dice Jessica, la novia de Roger Rabbit, «No soy mala, es que me han dibujado así».

No sabía de qué le hablaba, pero le daba igual.

—Eres un cielo, Florentino.

Y entonces, de pronto, tuvo la idea.

Un *flash* mental.

Algo tan simple y al mismo tiempo…

—Eva —apenas lo meditó—. ¿Te interesaría trabajar para mí?

36

EL PRESO

Roberto Salazar salió al patio con la cabeza vendada y una irreal sensación de ansiedad envolviendo su ser y cuanto le rodeaba. La mezcla nacía en el cerebro y se expandía por todo el cuerpo, alterando de manera especial el estómago y sus terminaciones nerviosas. No era una pesadilla. Era mucho más que eso. Desde la visita de los policías, el miedo y el pánico se habían apoderado de él. Los de la enfermería apenas si le habían dejado salir, porque tenía la presión a tope y el corazón le iba a mil por hora.

—¡Estoy bien, coño! ¡Dejadme que me toque el sol! —tuvo que gritarles unos momentos antes.

—Allá tú, pero como vuelvas a autolesionarte…

—¡Que no me autolesioné, que me caí!

Ahora, más que salir al patio, volvía a volar.

Buscando al Perlas.

Lo localizó al otro lado, apoyado en la pared y solitario. Esto último lo agradeció. En lugar de dar un rodeo, atravesó la zona en línea recta, pasando por la mitad de la pista de baloncesto en la que un puñado de presos jugaba un partido. Estuvo a punto de chocar con dos de ellos. Casi se le echaron encima para partirle la crisma. Pasó de ellos y de sus insultos y siguió caminando.

El Perlas ya le había visto y estaba en guardia.

Aunque no lo suficiente.

Lo esperaba todo menos aquello.

—¡Cabrón, hijo de puta…! —se le echó encima Roberto.

—¡Eh, eh! —forcejeó tratando de apartarse de él—. ¿Pero qué coño te pasa ahora, joder?

—¡La mató! —el grito fue ahogado, casi vertido sobre el oído—. ¿Estaba loco o qué? ¡Maldito maricón de mierda…!

Marianico casi se quedó paralizado.

—¿Pero de qué hablas?

Roberto lo aplastó contra la pared. Tenía los ojos inyectados en sangre, y con la cabeza vendada, parecía un personaje de una serie de zombis. Movió el puño derecho hacia la cara de su oponente.

—¡La mató! —repitió fuera de sí—. ¡El hijo de puta la mató!

—¿A tu chica? —abrió unos ojos como platos El Perlas.

—¿De quién coño crees que estamos hablando? ¡Está muerta, coño! ¡Muerta, muerta, muerta!

Marianico ya no se dejó avasallar.

Reaccionó.

—¿Quieres estarte quieto? ¡Van a meternos en aislamiento! ¡Mi tipo hizo lo que le pedí, ni más ni menos! ¿Muerta? —logró mantenerlo a una corta distancia, aunque sus caras estaban casi pegadas una a la otra—. ¡Cálmate!

Roberto quería matarle.

Pero de pronto se quedó sin fuerzas.

Casi se echó a llorar otra vez.

—¿Por qué? —gimió.

—Escucha —el Perlas recuperó la concentración—. Cuando se hace un encargo y se paga por él, se cumple el encargo y punto. No hay más. ¿De veras crees que el tipo hizo lo que le pedimos y luego se pasó con ella?

—¿Y quién si no?

—¿Pero tú en que mundo vives? ¿Por qué iba a matarla?

—¡Pudo resistirse!

—Mira, por lo que sé, se coló en la casa, llegó al piso sin que nadie le viera, llamó a la puerta, ella le abrió y nada más entrar le hizo la cara nueva, allí mismo, en el recibidor. La dejó tirada y se largó.

—¿Y cómo es que la encontraron muerta en el río Llobregat? —casi volvió a estallar Roberto.

—¡No jodas! —se asombró Marianico.

—¡La ahogaron, la desnudaron y la echaron al río!

Tardó dos o tres segundos en asimilarlo todo.

Luego volvió a reaccionar.

—Pues no fue él.

—¡Perlas, coño!

—¡No fue él!

—¿Y entonces quién?

—¡Y yo qué sé, tío!

—¿Le damos una paliza y alguien aprovecha para matarla? ¡No tiene sentido!

—¡No lo tendrá, pero si está muerta…! ¡Joder, Roberto, que te digo que el tipo era un profesional! ¡Nunca se le ha ido la mano! ¡Ha roto piernas, brazos, y ha hecho caras nuevas, siempre de manera limpia! ¡A él le daba igual que fuese hombre o mujer, o guapa, como me dijiste! ¡Te digo que el trabajo fue limpio!

A Roberto Salazar se le doblaron las piernas.

Marianico tuvo que sujetarlo.

—Hostias, tío, estás hecho una mierda…

Le ayudó a sentarse en el suelo. El exnovio de Eva se llevó una mano a la cabeza.

Le cayeron dos lágrimas.

—¿Qué te ha pasado? —el Perlas señaló el vendaje.

—Ayer vino la policía.

Su compañero se puso pálido.

—Macagüen…

—Sabían que yo había sido novio de ella y me interrogaron.

185

—¿No les dirías nada? —se envaró Marianico.

—¡Claro que no! ¿Me tomas por idiota?

—Oye, a ti se te cae el pelo, y a mí de rebote como largues, pero te aseguro una cosa: luego te cortan los huevos, ¿eh? En rodajas. Con los de afuera no se juega.

—Joder... Perlas... —gimió.

—Te lo diré por última vez: sé quién hizo el trabajo, y lo cumplió bien. Cuando la dejó, ella estaba vivita y coleando. Con la cara nueva, pero eso es todo. Tal y como lo pactamos.

—Eva... —volvió a gemir.

—¡Maricón!, ¿si la querías tanto por qué pagaste para que le dieran una paliza?

—No lo sé... —rompió a llorar.

—Niñato de mierda —escupió al suelo con asco—. Con la de tías que hay... Os enchocháis con una y ya está, creéis que el mundo se ha acabado. ¡Pero si a oscuras todos los coños son iguales y solo hay que meter el rabo! Y encima... ¿No te había dejado? ¡Pues pasa! ¿Que se lo montaba con otros? ¿Qué esperabas? ¡Serás capullo! A ver, qué tenía esa pava de especial, ¿eh?

37

EN PASADO

ROBERTO Y EVA

Estaban empapados en sudor.
Tan mojados que parecían haber salido de una sauna.
—Abre la ventana —pidió ella.
—No.
—Venga, hombre, que corra un poco el aire.
—Me gusta verte así.
—¿Así, cómo?
—Empapada.
—Mira que eres…
Le apartó un mechón de cabello de la cara.
—Guapa —dijo.
—¿Eso es todo?
—¿Qué más quieres que te diga?
—Que me quieres.
—¿Es que no se nota?
—Desear no es amar.
—¿Te vas a poner filosófica?
—¿Y qué si así fuera?
—Pues que no te va.
—Tú no tienes ni idea.
—¿Ah, no?

—Tú a lo tuyo y adiós.

—Veamos, ¿de qué no tengo ni idea?

—De lo que hay aquí dentro —se tocó la frente.

—Estoy yo, ¿no?

—Hay más cosas además de ti, Roberto.

—Venga ya —quiso besarla.

—¡Tate quieto, va!

Volvió a mirarla, inmóvil, con su sonrisa de tipo duro medio colgando de los labios. Eva tenía el cabello revuelto, parecía una gata salvaje, ojos, boca... El cuerpo era un océano de olas quietas después de la tormenta. Sus pieles brillaban sobre la cama.

—Ya tienes veintiún años —dijo él—. Antes eso era la mayoría de edad.

—Yo me hice mayor de edad cuando me fui de casa. De golpe —afirmó.

—¿Te ha gustado mi regalo?

—Sí.

—¿En serio?

—Que sí, pesado. Ya te lo he dicho.

—Puedo cambiarlo.

—¿Por qué eres tan inseguro?

—Quiero tenerte como una reina.

—¿Porque lo merezco o porque lo valgo?

—Las dos cosas.

Ahora fue ella la que movió la mano libre para tocarle el pelo. Fue un gesto instintivo. Después la bajó y se rascó el sexo. Ni siquiera se habían levantado para limpiarse. Roberto se mordió el labio inferior.

—Joder...

—Sssh...

—¿Vas a dormirte?

—No estaría mal.

—¡Venga ya, mujer!

La distancia que los separaba era de apenas un palmo. Por abajo en cambio tenían los pies unidos. Vueltos de lado el uno hacia el otro, siguieron mirándose, escrutándose en silencio.

Lujuria en los ojos de él.

Una reflexiva calma en los de ella.

Hasta que se lo dijo:

—A veces me pregunto cómo he acabado contigo.

Roberto parpadeó sorprendido por el comentario.

—Porque soy guapo —se jactó.

—Ya.

—Y te follo bien.

—¡Oh, sí! —pareció burlarse Eva.

—¿No te follo bien?

—¿Por qué nunca dices «hacer el amor»?

Pasó del matiz. Siguió con lo suyo.

—¿Alguien te lo ha clavado todo un santo día y te ha hecho gritar como una loca?

Eva tardó en responder.

—Si te digo que muchos, me matas. Si te digo que uno, querrás saber quién y le matas a él. Si te digo que no ha habido nadie, te pones insoportable. Sea como sea, pringo yo.

—Es que el día que me encuentre a uno que haya estado contigo le hago la cara nueva.

—Como que te lo voy a decir. ¿Te he preguntado yo por las que te has tirado antes?

—Es diferente.

—¿Por qué? ¿Porque eres un tío?

—Tú eres mía.

—¡Vete a la mierda! Hablo en serio.

—Yo también —la devoró con la mirada—. Me vuelves loco, nena.

—Por Dios, no te iría mal un poco de romanticismo —suspiró ella.

—¿Quieres que te escriba poemas? ¿Es eso?

—¿Lo harías?

—¡Anda ya, menuda cursilada!

Los ojos de Eva naufragaron en un triste silencio.

Evidente.

Lleno de desazón.

—Sabes que esto no durará mucho, ¿verdad?

La reacción de Roberto fue fulminante. Se le echó encima, poniéndola boca arriba, aplastándola con su cuerpo, y le sujetó las dos manos para que ella no pudiera apartarle.

—Ni se te ocurra decir eso —la previno.

—Me haces daño.

—Más te lo haré yo como digas tonterías.

—Roberto…

Le tapó la boca con un beso.

Eva forcejeó.

Intentó tenerla cerrada, pero la lengua de su compañero parecía un taladro. Movió la cabeza de lado a lado y pugnó por liberar sus manos.

Roberto tenía uno de sus pasionales ataques de locura.

—¡No seas bestia! —logró gritar.

—Si es que me pones…

—¡Eso no es amor!

—¿Y qué coño es?

—¡No lo sé!

Se dio cuenta de que iba a llorar.

No entendía a las tías.

Lloraban por nada.

Pero eso era malo.

Así que la besó más dulcemente, en la frente, los ojos, las mejillas, los labios. También le soltó las manos. Eva se relajaba. Despacio.

Estaba sobre ella.

Le fue fácil penetrarla de nuevo.
Allí abajo todo ardía.
Puro fuego.
El paraíso.

38

EL HERMANO DEL PRESO

Manuel Salazar seguía petrificado.

Le dolían partes del cuerpo que ni siquiera sabía que existían. Le dolía la cabeza, el pecho, el estómago, la espalda, los mismísimos huevos…

Y era incapaz de levantarse de la cama.

Toda la noche en vela, en blanco, pensando, pensando, pensando.

Eva.

Eva muerta.

Cada vez que la idea se hacía omnipresente, regresaba el pánico.

Y la había matado él, Roberto, su hermano.

El hijoputa de su hermano.

Acaso no lo dijo más de una vez:

—Si no eres mía, no serás de nadie.

Roberto había puesto fin a la vida de un ángel, lo más hermoso que existía sobre la tierra, el ser más divino jamás creado o imaginado.

Eva.

Eva.

Eva.

Repetía el nombre una y otra vez. Cerraba los ojos y la veía en su mente. Los abría y la veía todavía allí, en su casa. Incluso escuchaba aquellos gemidos...

Cuando lo hacía con Roberto.

—Cabrón...

Le mataría.

Al diablo con todo. Le mataría. No en la cárcel, pero si al salir, tardara lo que tardara si no lo hacía antes alguien de dentro. Sí, Roberto había robado por ella, loco, pero él le mataría también por ella, aún más loco.

Antes iría a verle.

Antes quería que él supiese...

Tendría que robar un coche para ir a verle a la cárcel.

Eso sí tendría gracia.

Robar un coche para ir a una prisión.

Se habría reído de no ser porque todo era muy en serio. Dramáticamente en serio.

La idea le hizo reaccionar.

Saltó de la cama.

Una vez más, salió de la habitación desnudo. Ni siquiera había mirado la hora. Su madre podía estar dormida, levantada, en la compra...

Estaba levantada.

Y allí mismo, como si le esperase, en mitad del pasillo, con su aspecto de perpetua derrota, la espalda doblada, los ojos tristes, el rictus amargo de la boca.

—¡Manuel!

Discutían mucho, demasiado. Y él gritaba mucho, demasiado. Pero nunca había sido violento.

—¡Cállate, coño! —le gritó a pleno pulmón.

La mujer parpadeó, más impresionada que asustada.

—¿Pero qué..? —trató de decir.

Manuel la arrinconó contra la pared, sin tocarla, agitando los brazos.

—¡Cállate, cállate, cállate! —gritó más y más—. ¡Toda esta mierda es culpa tuya!

La bofetada fue instintiva.

Casi una defensa.

Manuel la recibió con sorpresa. Un seco chasquido que sonó igual que si se quebrara la rama de un árbol.

Se le acabaron de cruzar los cables y levantó el puño, fuera de sí.

Su madre tuvo miedo.

Toda ella se vino abajo, esperando el golpe

Manuel no lo dio. Fue como si se encontrara frente a un espejo. Se quedó un par de segundos quieto, con los ojos enfebrecidos, hasta que se apartó bruscamente de ella y rompió a llorar.

—¡Hijo!

Quiso abrazarlo, pero él se soltó. Dio un par de pasos más, desarbolado, y lo que acabó golpeando fue la pared. La casa entera pareció retumbar.

—¿Es por el desahucio? —se asustó ella.

Cuando se le enfrentó, ya no era su hijo. Era una fiera acorralada y enloquecida.

—¡Roberto ha matado a Eva, mamá! ¡Roberto! —gritó a pleno pulmón—. ¡Ayer vino la policía! ¡Eva está muerta! ¡Y ha sido él, tu hijo, el hijoputa de Roberto!

La mujer se llevó una mano a la boca.

Ya no importaba que Manuel estuviera desnudo. Lo que más desnudas estaban eran sus vidas.

39

EN PASADO

MANUEL Y EVA

Se tapaba los oídos, pero no era suficiente.

Gritaban más y más.

Como si estuvieran solos en el mundo.

A veces se masturbaba. La imaginaba con él. Miraba la fotografía que le había robado y se dejaba llevar.

Pero el que se la follaba era su hermano, al otro lado de la pared.

Tan cerca. Tan lejos.

Aquella noche se había levantado, al límite, para salir al pasillo y espiarlos por el ojo de la cerradura. La suerte de vivir en un piso viejo. Todavía había cerraduras en las puertas. Un hueco por el que atisbar libremente. Y allí estaba Eva, sobre él, arrodillada, moviéndose cadenciosamente, con el cuerpo rígido, la espalda enderezada, los brazos en alto, la cabeza hacia atrás. Roberto le presionaba los pechos.

Estaban de lado, la veía a ella de perfil.

Una imagen tremenda.

Poderosa.

Inolvidable.

Pero aún tenía que pasar lo mejor.

Lo otro.

Fue al cuarto de baño, para limpiarse y mojarse con agua fría.

No quiso regresar a su habitación. Mejor esperar a que acabasen, aunque a veces lo hacían varias veces seguidas, con leves descansos entre uno y otro polvo. Se miró en el espejo.

Y fue incapaz de bajar la erección.

Incluso le dolía.

Llevaba allí unos minutos, no sabía cuántos, y entonces se abrió la puerta y apareció ella.

Tan desnuda como él.

Piel húmeda, pelo desparramado, la boca abierta, el sexo con apenas aquel cuadradito de vello púbico.

Puro deseo.

Puro morbo.

—¡Oh, lo siento! —dijo ella.

Alargó la mano y se tapó con una toalla.

Pero ya era tarde.

Demasiado tarde.

Manuel sabía que tendría que vivir con esa imagen hundida como un cuchillo en la mente el resto de su vida.

No se movió.

Él no se tapó.

—Vaya, desde luego sois hermanos —bromeó Eva al darse cuenta de su excitación.

Manuel siguió inmóvil.

Quería besarla, tocarla, sentirla…

—Anda, tápate —le dijo ella con dulzura—. Y sal, que he de hacer pis.

No supo ni cómo se lo dijo.

—No te merece.

—¿Qué?

—Roberto. No te merece.

—Manuel…

—Me da igual que se lo digas. Es un capullo engreído. Tú vales más y lo sabes.

—No se lo diré, no soy tonta. Pero va, cállate.

—Eva, yo…

Ella misma le abrió la puerta, en silencio, desviando la mirada al suelo.

Si Roberto aparecía y le veía…

Manuel pasó por su lado, despacio. Quiso aspirar todo el fuerte aroma que la impregnaba. Logró dominarse al sentirlo.

Entonces fue Eva la que habló.

—Gracias por decirme tú algo tan bonito.

Manuel había regresado a la habitación con una mezcla de derrota y orgullo.

40

EL PADRE

Para los que nunca han estado en ella, ni han pasado por el mal trago de tener que identificar un cadáver, la morgue era un lugar extraño.

Frío.

De entrada, la asepsia, las paredes con losetas blancas, como cualquier hospital. A continuación, el olor, inquietante, a química y productos de limpieza. Para acabar, el silencio, la sensación de paréntesis entre la vida y la muerte.

Los pasos resonaron por el pasillo.

Víctor Navarro no estaba. Daniel sí.

—Buenos días, señor Romero.

La respuesta fue un gruñido.

—¿Me recuerda de ayer? —le preguntó Daniel.

—El inspector, sí.

—No estaba seguro de…

—¿Podemos acabar con esto cuanto antes? —le interrumpió.

—Claro. Venga. Gracias por ayudarnos.

Le condujo a la sala refrigerada donde los muertos esperaban en sus camillas. No había nichos metálicos hundidos en las paredes. Solo aquellas camillas cubiertas por sábanas.

Sudarios blancos.

Germán Romero llevaba una ropa ajada y arrugada, aunque parecía limpia. Lo más sucio eran los zapatos. El cabello había sufrido algún que otro intento de ser peinado, sin mucho éxito. La barba era de dos o tres días. Tenía una cara por la que debía de ser difícil pasar una maquinilla de afeitar o una cuchilla, llena de pliegues. Todo en él era macilento.

Costaba creer que de un hombre así hubiera salido una mujer como su hija.

—Debo advertirle que el aspecto de Eva no es muy agradable —se vio en la obligación de decirle el inspector.

El hombre no respondió.

—Bastará con una identificación rápida.

Se detuvieron delante de la camilla. Daniel miró al forense. El forense a su visitante. Germán Romero parecía una estatua.

—¿Preparado? —volvió a hablar Daniel.

—¿Quieren hacerlo de una vez? —gruñó él.

Fue el propio médico quien retiró la sábana.

Solo la parte superior.

El rostro de Eva, hasta el cuello.

Germán Romero la miró.

No movió ni un músculo. No pestañeó. No tragó saliva. No hizo nada. Solo se quedó quieto, muy quieto.

Hasta que se santiguó.

—¿Es su hija, señor Romero?

La cara de Eva ya era de mármol blanco. A pesar de los cortes y las heridas, la nariz rota, el labio partido, las marcas en las mejillas y la frente, tenía la palidez de la muerte y la serenidad del Más Allá. Los hematomas habían sido disimulados. Los destrozos podían menguar la belleza, pero no borrarla. Aun muerta era hermosa. Aun con los párpados bajados, irradiaba cierta luminosidad. La paz le proporcionaba también un deje de serenidad.

Lo que fuera o hiciera en vida, ya no estaba allí.

Quedaba el cuerpo.

Germán Romero siguió mirándola.

Un día la había tenido en brazos, recién nacida.

Ahora la veía por última vez.

—Señor Romero...

El hombre asintió.

—Gracias —dijo Daniel.

—Espere —impidió que el forense volviera a tapar el rostro de su hija.

Siguió mirándola.

Con aquel semblante tan y tan inexpresivo.

Transcurrieron unos segundos.

Quedaban las preguntas, saber si conocía algo de lo que estaba haciendo Eva, pero Daniel intuía que sería como picar piedra con un martillo de juguete.

Un hombre y su hija situados a ambos lados de un abismo.

—Ya hemos cerrado la autopsia. Hoy mismo si lo desea podrá disponer del cuerpo para enterrarla mañana —le informó el médico.

Entonces, Germán Romero sí reaccionó.

Los miró a ambos empequeñeciendo los ojos.

—¿La han abierto? —inquirió.

—Pues... sí, señor.

—¿Era necesario?

—Se trata de un asesinato.

Pareció no escuchar eso. Tenía algo muy distinto en la mente.

—Le han destrozado el cuerpo —dijo.

—En estos casos...

De nuevo la explicación fue obsoleta. Germán Romero pasó los ojos por encima de la sábana.

—Ella nunca los perdonará, ¿saben? —habló desde lo más profundo de su ser—. Nunca.

41

EN PASADO

GERMÁN Y EVA

Eva se miraba en el espejo.

Se disfrutaba a sí misma.

Ponía una cara, otra, de inocencia, de mala, juntaba los labios, reía, buscaba su mejor perfil, su mejor expresión, se levantaba el pelo, se colocaba de lado, sacaba pecho, se tocaba los pezones por encima de la blusa para que se le pusieran duros y la taladraran...

Se sabía guapa, sexi...

Iba a salir cuando apareció él.

Su padre.

El hombre la miró de arriba abajo. Los ojos maquillados de negro, los labios muy pintados de rojo, el escote de la blusa vertiginoso, sin sujetador, la falda más que corta, inexistente, las piernas largas, kilométricas, las sandalias para mostrar los pies con las uñas pintadas.

Puro deleite visual.

Puro veneno.

Una niña jugando a ser mujer.

Al límite.

—Pareces una putilla —le espetó.

Ella no le contestó. Se dio un último vistazo y se dispuso a salir, pasando por su lado.

Cuando Germán la retuvo por el brazo, Eva intentó soltarse en vano. La miró con odio.

—Eva…

—¿Qué, papá? —lo desafió.

—Si tu madre te viera…

—Ya, pero no está aquí. Se murió, ¿recuerdas? Adiós —movió los dedos de la mano libre juntando el pulgar con los otros cuatro.

—Tienes dieciséis años.

—¿Y?

—Dios lo ve todo.

—Dios hace mucho que mira para otro lado, papá. Tranquilo.

—No blasfemes.

Logró soltarse. Hizo un gesto brusco y se zafó de aquella zarpa que a veces era de acero. Germán Romero no intentó retenerla.

—¿Se puede saber adónde vas?

—A pasarlo bien fuera de esta pocilga, ¿vale?

—¿Llamas pocilga a tu casa?

—¿Y qué es si no, un hogar?

—¡Vives aquí!

—¡Porque no tengo más remedio desde que se murió la abuela!

A veces uno de los dos se contenía, para no llegar a la confrontación.

Esta vez no lo hicieron.

—¿No te das cuenta de que vas enseñándolo todo?

—¡Porque puedo! ¿Estamos?

—¡Llevas el diablo dentro! ¡La carne es pecado!

—¡Oh, papá, no me vengas con esas!

Por segunda vez, Germán Romero la atrapó, y ahora con más fuerza.

Eva intentó soltarse y no pudo.

—¡Déjame!

—¡Así no vas a salir de casa!

—¿Ah, no?

—¡No!

—¿Vas a impedírmelo?

Punto sin retorno.

Desafío y guerra.

Germán Romero la empujó contra la pared, sin soltarla, y le pasó la mano libre por la boca, convirtiendo el rojo de los labios en una mancha informe sobre la mejilla. Eva no logró debatirse lo bastante rápido. Cuando pretendió quitarle el rímel de los ojos sí agitó la cabeza desesperada, pugnando por impedirlo.

Quiso pegarle.

Él lo evitó.

Levantó la pierna, para golpearlo con la rodilla.

Le alcanzó, aunque no de lleno.

—¡Puta!

Germán Romero le rasgó la blusa por delante. La chica quedó medio desnuda, convertida en un guiñapo. Le caía el pelo por encima de la cara. Lejos de taparse, intentó echársele encima, con las uñas convertidas en pequeñas púas.

Una lucha desigual.

Una pelea perdida.

Su padre le dio una tremenda bofetada.

Eva rebotó en la pared y cayó al suelo.

El hombre se inclinó sobre ella, con los puños cerrados. A veces la había golpeado con el cinturón. Otras la emprendió a patadas. Su cara era de loco, rictus diabólico, sed de sangre.

Eva retrocedió, asustada.

Muy asustada.

La escena se congeló unos segundos.

Entonces, lo que tenía que ser una paliza se convirtió en una huida.

Inexplicable.

Germán Romero lanzó un grito, mitad de rabia, mitad de impotencia, y tras pasar por su lado como un huracán salió de la casa para perderse en la noche.

Eva se quedó sola.

Temblando, asustada, pero sola.

Tardó un poco en reaccionar y gemir:

—¡La próxima vez te mataré, papá! ¿Me oyes? ¡Te mataré si vuelves a ponerme la mano encima!

42

EL POLÍTICO

Joaquín Auladell miraba por última vez las fotos de Eva.
Por última vez.
Lo categórico del hecho le aterraba.
Jamás hubiera imaginado…
No, nunca. ¿Borrarlas? Imposible.
Y sin embargo…
Ahora todo había terminado.
¿Por qué lo había hecho?
¿Por qué aquella inaudita cobardía?
Iba a quitarla de su vida para siempre.
Siguió pasándolas una a una. Eva en todas las poses, la mayoría desnuda. Cara, pecho, manos, pies, cintura, sexo… Todo al detalle, todo aumentado, principalmente el sexo. Se lo había fotografiado cerrado, abierto, con ella sujetando los labios para mostrárselo en plenitud, mojado, rebosante de humedad.

El sexo más hermoso que jamás había visto o en el que había estado.

Ni imaginarlo antes de conocerla.

Había más fotos, y también películas. Ella comiéndole el pene, montándole, follándoselo vivo… No le importaba que la fotografiara o la filmara, al contrario. Tenía vena de actriz. Luego las miraban juntos. Y si una no le gustaba, repetían la escena después.

—Quiero que seas feliz —le decía.

¿Qué mujer decía eso a un hombre en lugar de «quiero que me hagas feliz»?

Acabó la última.

Sentía dolor.

Pero era necesario.

No podía guardar todo aquello en el ordenador.

Imposible.

No después de…

—Eva…

Cogió la carpeta con el ratón y la arrastró hasta la papelera.

Un largo camino.

Cuando la dejó allí, llevó la flecha hasta la parte superior izquierda, pulsó la palabra *Finder*, junto a la manzana mordida por la derecha, y seleccionó la opción *vaciar Papelera de forma segura*.

La presionó.

Apareció el recuadro con la pregunta:

¿Seguro que desea eliminar los ítems de la Papelera definitivamente utilizando la opción «Vaciar Papelera de forma segura»?

Y más abajo:

Si selecciona «Vaciar Papelera de forma segura» no podrá recuperar los archivos.

Cancelar.

OK.

Un pequeño paso para él, un gran paso en su vida.

Joaquín Auladell cerró los ojos y golpeó la palabra *OK* con el cursor.

En la parte inferior derecha apareció otra ventana. *Vaciando papelera.* En ella se le informaba de los ítems que lentamente desaparecerían. La suma primero aumentó hasta los 1977 ítems.

Casi dos mil fotos y películas tomados en tan solo aquellos meses.

Asombroso.

Luego la cifra empezó a menguar y un largo recuadro azulado le indicó lo que faltaba para completar el vaciado.

Esta operación puede durar varios minutos.

Se quedó mirado la pantalla del ordenador.

No se sentía libre, al contrario. Lo único que hacía era borrar lo físico. Lo mental seguiría allí, para siempre.

Tuvo ganas de llorar.

De vomitar.

Esperó un minuto, dos, tres. De pronto se escuchó un ruido, como de papeles arrugados, y todo desapareció. El icono de la papelera, abajo a la derecha, estaba vacío.

Ahora...

Como un autómata, Joaquín Auladell sacó el móvil del bolsillo, lo abrió, buscó el número en la memoria y lo presionó. Pensó que, a lo peor, ella no quería hablarle y pasaría de responder a la llamada.

Lo hizo.

—¿Qué quieres? —escuchó la voz de Marta.

Se habían separado antes de que apareciera Eva. Se había volcado en Eva como refugio de su fracaso matrimonial. Todo el dolor por la ruptura había quedado parcialmente oculto por la novedad, el gran cambio, el poderoso brillo de aquella luz, capaz de sepultar las sombras del pasado.

Pero a veces, estando con Eva, Marta surgía por algún hueco de la cabeza.

Seguía allí.

—Marta... —suspiró.

—Estoy trabajando —le recordó.

—¿Podríamos... vernos luego? —musitó sin apenas energía.

—¿Para qué?

Y se lo dijo.

—¿Crees que podríamos arreglar lo nuestro, por Sara, por los dos, por todo lo que…?

Al otro lado, no muy lejos, aunque la señal pasase por un satéli-te artificial colgado del espacio, el silencio se hizo muy largo.

43

EN PASADO

JOAQUÍN Y EVA

En los últimos veinte años solo había estado con Marta.

Nadie más.

Hacerlo por primera vez con otra mujer era increíble, diferente, especial. Como volver atrás por el túnel del tiempo. Una sensación olvidada.

Pero no solo era hacerlo de nuevo.

Era hacerlo con ella.

Con Eva.

Se recostó sobre el lado derecho para mirarla y la vio sonreír con dulzura, con los ojos cerrados, recuperando poco a poco la respiración. Todavía tenía los pezones de punta y el pecho armónicamente en calma.

Se dio cuenta de que la estaba observando y volvió la cabeza hacia él.

—Hola —susurró.

—Hola.

—¿Qué hace usted en mi cama, joven?

—No estoy seguro.

—Yo diría que acabamos de hacer el amor.

Lo llamaba «hacer el amor».

Había sido sexo, sexo de verdad, sexo del bueno. No por cumplir o pasar el rato o lo que fuera que hicieran la mayoría de parejas.

Alucinante.

—No puedo creerlo —había dicho Joaquín.

—¿Por qué no?

—Ni en mil años.

—No seas tonto —la sonrisa se hizo más tierna—. ¿No te han dicho que te pareces a Tom Cruise en guapo?

—Alguna vez, sí. ¿En guapo?

—Él ya está fondón.

—Ya me gustaría a mí…

Le tapó la boca con un rápido beso y luego se levantó.

La vio caminar por la habitación, salir, desaparecer de su vista.

Puso las dos manos bajo la cabeza y esperó.

¿Cómo había llegado hasta allí? ¿Tan rápido? ¿Una preciosidad como Eva acababa de entregársele? Por lo menos le doblaba la edad.

¿Y qué?

¡Al diablo con eso!

No quería pensar, solo seguir.

Pasaron cinco minutos antes de que ella regresara, tal cual, impoluta, ya seca, oliendo de nuevo a mujer y a deseo. Se agitó el pelo, se acostó a su lado, sobre la cama, y esperó a que le pasara el brazo alrededor de la cabeza y los hombros.

Quedó literalmente pegada a él.

La mano posada delicadamente en su pecho.

Joaquín le acarició la espalda, la olió, la apretó un poco más contra sí mismo.

—Ha sido increíble —dijo.

—Para mí también.

—Nunca…

—No lo digas, va.

—Es la verdad.

—No quiero saberlo.

—Quiero comerte entera, el cuerpo, las manos, los pies…

—Me gusta que me coman los pies —le pasó la yema de los dedos por la tetilla—. Y que me acaricien la cabeza.

Joaquín Auladell le besó la frente.

—Eres demasiado.

—No —encogió un poco el cuerpo—. Eso lo dices porque eres un hombre separado y todavía con el peso de tu vida pasada. De pronto todo esto te parece que es… No sé, como tocar el cielo con las manos. Seguro que llevabas tiempo sin hacerlo.

—No es hacerlo o no hacerlo, sino hacerlo con alguien como tú.

—¿Qué pasa conmigo?

—Eres preciosa. Un ángel.

—Soy un demonio —se rio.

—Pues me haré diablo. Quiero…

—Joaquín —le detuvo—. ¿No te estarás colgando de mí?

—Sí, estoy colgado. Aunque yo no lo llamaría así.

Se encontró con la mirada de Eva.

Seria.

—¿Qué pasa? —quiso saber.

—Nada —repuso ella.

—Va, dilo.

La mirada siguió allí, serena, dulce, pero también triste.

—Eres un buen tío, ¿verdad?

—Yo diría que sí —vaciló él.

—¿Y si yo no soy una buena tía?

—¿Cómo no vas a serlo?

—No seas bobo. No me conoces.

—Lo suficiente en estos días.

—No, no me conoces. Dices todo esto porque acabamos de hacerlo y estás deslumbrado.

—Bueno… imagino que habrás tenido una vida, relaciones…

—No tienes ni idea.

—Pues cuéntamelo.

—No puedo.

—¿Por qué?

—Perdería lo poco que tengo.

—¿A qué te refieres?

Eva se separó de él. Se acodó con un brazo en la cama y le besó con una infinita dulzura.

No solo fue la boca, también los ojos.

Le pasó la lengua por los párpados.

—¿Quieres volver a verme? —le preguntó.

—¡Claro!

—Entonces veamos qué pasa, ¿de acuerdo?

—¡Sí!

—Pero sin prisas, Joaquín. Dame tiempo.

Trató de ver más allá de sus transparentes ojos.

—¿He de tener miedo? —preguntó.

—No —le acarició con el aliento.

—Pero me estás asustando.

—Soy yo la que debería tener miedo.

—¿Por qué?

—Porque pareces lo primero de valor que me he encontrado en la vida, y también lo más bueno.

—Lo soy.

—Bien.

—Déjame que te lo demuestre.

—De acuerdo —empezó a besarle con algo más que ternura—. Pero ahora cállate y vuelve a follarme.

44

LA POLICÍA

La secretaria de Florentino Villagrasa los tuvo cinco minutos en las butacas de la entrada. De vez en cuando, levantaba los ojos por encima del mostrador. Los apartaba de inmediato al ver que la miraban más y más impacientes.

Daniel iba a pasar de ella, entrando en las oficinas de la constructora como un elefante en una cacharrería, cuando le llegó la orden de su jefe.

—Pueden pasar —los condujo por un breve pasillo con las paredes llenas de fotografías de grandes construcciones, viejas y nuevas.

Florentino Villagrasa no parecía asustado. Lo estaba. Y además sudaba como un pollo al que fueran a desplumar, solo que ya hervido. Los ojos eran los de un hombre temeroso. La mano que les tendió, resultó flácida, carente de energía.

—Los estaba esperando —fue lo primero que les dijo—. He anulado una reunión para estar a su completa disposición —y por si eso no fuera suficiente, agregó—: De hecho iba a llamarlos yo, en cuanto me he enterado esta mañana.

—¿Enterado?

—Vienen por la muerte de Eva Romero, ¿no?

—Sí.

—Pobre chica… —se pasó un pañuelo por la frente—. Aún no me lo creo.

—¿Cómo se ha enterado? Los periódicos todavía no han dicho el nombre.

—Me ha llamado una amiga suya, Carlota.

—¿Carlota Miranda?

—Sí.

—¿Y por qué le ha llamado?

—Creía que yo tenía algo que ver con lo sucedido. La muy…

—¿Y lo tiene?

—¡No, por Dios! —se agitó—. Pero, por favor, siéntense.

Lo hicieron, en el sofá de la parte derecha del despacho. El dueño de la constructora ocupó una de las butacas. No se reclinó en ella. Quedó con el cuerpo inclinado hacia adelante, con las manos unidas. Su calma era tensa. Su estado, una tormenta disimulada bajo una indefinible sensación de desánimo.

—¿Qué relación tenía con la señorita Romero? —fue la primera pregunta directa de Daniel.

—La conocí hace unos meses, medio año o así. Quedé impactado por su belleza, claro. No era una mujer que pasara desapercibida. Exudaba tanta sensualidad…

—¿Era su amante? —le cortó de manera abrupta.

—¡No! —recuperó la estabilidad tras su grito—. No, no señor —suspiró largamente—. No crean que no lo pensé. Puede que incluso lo deseara. Pero estoy casado.

—No sería el primer hombre que tiene una amante.

—Una mujer como Eva puede hacerte perder la cabeza, y con la cabeza todo lo que tantos años te ha costado forjar, una familia, una estabilidad, una empresa… —recuperó un poco la calma—. Les juro que no la toqué. Nunca. No pasó nada en ningún momento.

—Pero le pagaba el piso y le pasaba un sueldo de mil euros al mes.

Florentino Villagrasa no ocultó la sorpresa.

Intentó amortiguar el sobresalto.

—Hacemos nuestro trabajo —le dijo Daniel.

—Por supuesto —se rindió a la evidencia—. Perdonen, es que... Verá —buscó la forma de decirlo—. Soy constructor, y de los buenos. Seguro que han visto mi nombre en algún edificio —hizo otra pausa—. El mercado lleva años en una situación muy difícil. Tremenda. No es solo una crisis muy larga. Es que han pasado muchas cosas en este tiempo. Cuesta conseguir clientes, proyectos importantes, y no digamos ya en Barcelona, donde queda muy poco suelo edificable y la oferta de obra pública es escasa. Ha habido que mirar fuera...

—La pregunta era por qué le pagaba un sueldo a Eva y la tenía en un piso de su propiedad —le detuvo Daniel.

—A eso iba, perdone —asintió—. La contraté porque pensé que alguien como ella me ayudaría a conseguir clientes.

Sostuvo sus miradas tras decirlo.

—¿Un gancho? —quiso ser más explícito Daniel.

—Llámelo así, aunque suene un poco... fuerte.

—¿Eva Romero se acostaba con potenciales clientes suyos?

—Yo no la incitaba a la prostitución, si es lo que pregunta, inspector. Sé que esto es un delito —abrió las dos manos para tratar de dejarlo claro y volvió a sudar—. Yo nunca le pedí eso. Si lo hacía, era cosa suya. La idea era que saliera con ellos y tratara de que nos dieran contratos.

—Si no se acostaba con esa gente, ¿cómo lo hacía?

—Según Eva, llorándoles un poco, diciendo que su puesto en la constructora dependía de ese contrato porque afectaba a su departamento... Cosas así. Le repito que si mantenía relaciones con alguno, a mí no me lo decía.

—¿Y qué ganaba ella?

—Si esa persona me daba la obra, se llevaba una comisión.

—En su estado de cuentas solo constaban los mil euros mensuales.

—¿También han visto eso?

—Responda.

—La prima era en metálico. No creo que lo ingresara en su cuenta, para no despertar sospechas con eso de tener que declarar los ingresos de más de tres mil euros que exige ahora Hacienda.

—¿Y usted cómo los justificaba?

—Gastos de representación.

Hablaba con naturalidad.

Pese a la gravedad de los hechos y que hubiera un asesinato de por medio, lo contaba como si fuera algo de lo más normal.

La ley de la selva.

—En estos meses, ¿cuántos contratos le consiguió?

—Dos.

—¿Solo?

—Suficientes.

—¿Puede darme el nombre de esas personas?

Se agitó de forma evidente.

—¿Es necesario? —vaciló—. También están casados.

—Todo el mundo está casado, señor Villagrasa —le dijo Daniel—. Lo único que puedo prometerle es que seremos discretos.

—¿Y yo? ¿Cree que saldrá mi nombre en todo esto?

—Si no tiene nada que ver con su muerte, probablemente no, aunque eso no es cosa nuestra. Y si no se acostó con ella, su esposa no va a crucificarle.

—Viendo a Eva nadie creerá que no lo hice. O me tomarán por idiota —bajó la cabeza.

Daniel ya no esperó más para apretarle las clavijas.

—¿Nos está diciendo la verdad, señor Villagrasa?

Le zarandeó de golpe.

—¡Sí! ¡Por supuesto! ¿Me toman por loco? ¡Esto es un asesinato! ¡Todavía estoy en *shock*!

—¿Visitaba a Eva?

—No, nunca.

—¿Cómo mantenían el contacto?

—Por teléfono.

—Su móvil no ha aparecido y por lo visto era de prepago. Algo extraño.

—Pues no lo era, inspector. Lo prefería para no dejar rastro de llamadas o huellas. Eva era... muy precavida.

—¿Y ambiciosa?

—Sí —reconoció.

—¿Cómo la definiría?

—Es difícil resumirlo. Era muy joven, y sin embargo parecía haber vivido ya mucho. Tenía un lado duro, otro resentido, otro cauteloso, otro tierno y dulce, otro exuberante de vida... Poliédrica es la palabra. Le gustaba bromear, tomarse las cosas incluso a la ligera, y en el fondo creo que era muy romántica, como si a la postre esperara algo... —abrió y cerró las manos sin encontrar la palabra.

—¿Alguno de esos dos clientes se llamaba Joaquín?

Le delató el tic.

Un ramalazo eléctrico, demasiado ostensible.

—No —dijo—. ¿Por qué?

—¿Y futuro cliente?

—No, no —logró dominarse, aunque a duras penas—. Estos días no estaba trabajando para mí. Hay mucha calma. ¿Por qué lo pregunta?

—Había un ramo de flores en la cocina de la casa de Eva, y una tarjeta firmada con el nombre de Joaquín.

—Ella... tenía su vida —quiso justificarlo—. No sé con quién salía o se veía. Tenía total libertad para hacer sus cosas, trabajar de modelo o azafata, cuando no estaba disponible para mí.

—¿No conoce a ningún Joaquín?

—Conozco a varios, quizá media docena o más ya que trato con mucha gente y es un nombre común, pero ninguno que pudiera estar relacionado con ella.

—¿Me da los nombres de las dos personas que le dieron sus obras a cambio de la atención de Eva, señor Villagrasa?

—Sí, claro —se rindió.

Le vieron levantarse, sostenerse con dificultad, caminar por su despacho con paso vacilante para dirigirse a la mesa. Sabían que no era necesario, que los conocía de sobra. Pero así rompía un poco la catarsis, liberaba sus nervios, buscaba la forma de atemperar su mente para lo que pudiera quedar de interrogatorio.

Víctor miró a su superior.

Daniel movió la cabeza horizontalmente.

45

LA POLICÍA

No hablaron hasta llegar a la calle.

—Carlota Miranda nos mintió —dijo Víctor Navarro.

—Eso parece. Y también lo ha hecho nuestro listo constructor al decir que no conoce a ese tal Joaquín, aunque si no se ha venido abajo es porque sabe que difícilmente podremos probar una relación entre ellos. Muerta Eva, que era el nexo...

—¿Vamos a por la amiga?

Daniel se tomó unos instantes para pensar.

—Si Carlota ha telefoneado a Villagrasa es porque piensa que él la ha matado o ha tenido algo que ver. Falta saber si la ha convencido.

—¿Y Villagrasa? ¿Ha dicho la verdad en lo todo lo demás?

—Se habría desmoronado antes. No es de los que resiste un interrogatorio, y menos si hubiera sido culpable. Ha preferido hablarnos de «su sistema» para captar clientes de buenas a primeras antes que cerrarse en banda y que podamos relacionarle más directamente con el asesinato —esbozó una mueca que equivalía a una sonrisa—. Ese hombre le tiene más miedo a su mujer que otra cosa. Y por la misma razón, apego a lo suyo, su empresa, su bienestar. Usó a Eva Romero, y ahora le ha salido el tiro por la culata. No ha dejado de insistir en que jamás mantuvo relaciones con ella.

—Difícil de creer.

—No, no tanto. Podía perder más.

—Entonces solo nos queda Carlota Miranda. Ha de saber por fuerza quién es Joaquín —insistió Víctor.

—¿Sabe lo que le digo? —Daniel dio el primer paso en dirección al coche—. Si Carlota ha telefoneado a Villagrasa para acusarle o para pedirle dinero a cambio de su silencio, es porque tampoco sabía muy bien en qué andaba su amiga.

—¿Por qué lo dice?

—Estoy dándome cuenta de que Eva Romero era una mujer reservada, de las que deja pocos cabos sueltos y se protege la espalda.

—¿Fría y calculadora?

—Precavida —matizó Daniel—. Actuaba de gancho para ese hombre, de acuerdo, pero aunque Carlota fuese su mejor amiga, quizá se guardaba las partes oscuras, o las más privadas, como los nombres de esos clientes. Ya no vivían juntas, se veían de vez en cuando. Eso marca una distancia. Si confiaba en Carlota, sabía que ella podía irse de la lengua con alguien, como ese novio que conocimos. Y luego el novio con alguien más. Así es como suelen complicarse las cosas. Eva nadaba y guardaba la ropa, se protegía y cuidaba porque no tenía a nadie más, usaba un móvil de prepago, sus fotos en Instagram la muestran siempre a ella sola, sin nadie al lado, y en ninguna hay pistas de dónde estaba o con quién. Pere Mateos me dijo que las había examinado todas, una por una, y no podía decir ni siquiera en qué lugar habían sido hechas cuando era un exterior. Eso no lo hace una persona despreocupada. Lo hace alguien consciente de su privacidad y muy controladora. Por eso tampoco hay mucho en Facebook. Lo esencial.

—También es propio de personas a las que han hecho mucho daño —consideró Víctor.

—Nos queda bastante por investigar todavía. Hemos de volver a interrogar a ese chico, Manuel. Si estaba enamorado de ella, más bien obsesionado, seguro que la seguía y espiaba. Ahora sí hay que empezar a apretar tuercas.

Entraron en el coche y esta vez fue Daniel el que se puso al volante. Su compañero no dijo nada. Rodeó el vehículo y ocupó el lugar del copiloto.

El motor volvió a rugir.

—Llame a la central —dijo de pronto Daniel—. Que vayan a casa de Eva y pregunten a todos los vecinos si el día y la noche del crimen vieron ese Audi u otro coche en su plaza de *parking*. Si estaba allí, puede que alguien lo corrobore y logremos asociarlo con el Joaquín que buscamos.

Arrancó mientras Víctor daba la orden y, por primera vez en los últimos días, conectó la sirena para abrirse paso por las abigarradas calles de la ciudad. De todas formas no hizo una conducción suicida ni pareció perseguir a uno de los protagonistas de la serie *Fast & Furious*. Se limitó a ir rápido, eludiendo a los demás coches, que se apartaban a su paso.

De nuevo volvió a hablar en voz alta, aunque daba la impresión de que lo hacía para sí mismo.

—El asesino llamó a la puerta a la hora en la que ya no estaba el conserje. Si era Joaquín, el del Audi, probablemente ni eso: tendría llave. Sea como sea, Eva estaba en la entrada del piso. La golpeó allí mismo, se ensañó con ella, la mató, le quitó la ropa, la envolvió en una sábana y luego la bajó al *parking*, aun a riesgo de ser descubierto, puede que ya pasada la medianoche. Debió de meterla en el maletero y llevarla al Llobregat directamente.

—Tuvo que ser ese Joaquín.

—Tiene todos los números.

—¿Descubriría el plan de Villagrasa?

—Lo más probable —asintió—. Pero mejor no vendamos el oso antes de cazarlo. ¿Y si el que la mató era, simplemente, un ligue de Eva, o un ex celoso? Además, en lo que acabo de decir hay un agujero.

—¿Cuál?

—Según la autopsia, los golpes se hicieron bastante antes de que la ahogara. No fue algo inmediato.

—Estaría inconsciente, con él al lado, y al recuperar la consciencia el tipo se daría cuenta del lío, o ella diría que iba a llamar a la policía…

Víctor no dijo nada.

Daniel eludió un camión y pisó a fondo al encontrarse en una calle casi despejada.

Algunas personas volvían la cabeza para ver la carrera del coche policial, probablemente preguntándose a quién iban a detener o qué clase de delito, del que se enterarían al día siguiente por los medios de comunicación, se había producido.

46

LA POLICÍA

Esteban Ramírez, el novio de Carlota Miranda, se les apareció exactamente igual que el día anterior. Un puro *déjà vu*. La misma estampa, los mismos pantalones, descalzo, sin camiseta y despeinado. Al verlos, su talante de macho alfa se hizo más hosco, apretó las mandíbulas y puso cara de resignación.

También hizo la pregunta más absurda.

—¿Qué quieren?

—Hablar con Carlota.

—Está durmiendo —les informó—. Después del palo que le dieron ayer...

—No estará muy dormida cuando esta mañana ha telefoneado a Florentino Villagrasa.

—¿Quién?

—No importa. Despiértela.

—Joder... —se apartó del quicio para dejarlos pasar, muy poco impresionado por el hecho de que fueran policías.

La casa estaba revuelta. Un huracán la había asolado. Eso o ellos no se cuidaban de las apariencias. Cacharros en la cocina, ropa sobre sillas y mesas, un zapato perdido en un rincón, CD fuera de sus cajitas, una mochila en una silla, un pestilente olor a tabaco y otros muchos detalles proporcionaban la sensación de caos. Tuvieron que esperar de pie.

Tampoco fue demasiado.

Carlota Miranda apareció envuelta en una bata de seda de color negro con toques rojos y dibujos orientales. Estaba mucho menos guapa que el día anterior, ojerosa y pálida. Sin maquillar y desarreglada perdía mucho. Iba descalza y llevaba los brazos cruzados sobre el pecho, protegiéndose a sí misma más que cerrando la bata. A su lado, Esteban Ramírez seguía mostrándoles el lado más duro.

—¿Podría dejarnos solos? —se lo quitó de encima Daniel.

—¿Por qué? —se resistió.

—Porque lo digo yo —fue claro.

No estaba habituado a que le hablaran así.

Miró a su novia.

—Estaré en el dormitorio, amor —se despidió.

Carlota ni le miró. Tenía los ojos fijos en los dos visitantes.

Sobre todo en el que llevaba la voz cantante.

Serio, amenazador.

—Siéntese —le ordenó Daniel.

Le obedeció. Quitó unas prendas de ropa de una butaquita y se dejó caer en ella. A peso. Ni Daniel ni Víctor se sentaron. Desde arriba parecían dos cazas a punto de dispararle.

La azafata cerró los ojos.

Cuando volvió a abrirlos, ellos seguían allí.

—Ayer nos mintió —fue directo Daniel.

—No les mentí —exhaló abatida.

—Pero no nos dijo la verdad, ni todo lo que sabe. Por ejemplo que sospechaba de Florentino Villagrasa.

Respiraba con fatiga.

Los brazos se apretaron más contra su cuerpo.

Puso el pie derecho sobre el izquierdo, encerrándose más y más en sí misma.

—Hemos hablado con el señor Villagrasa.

Más silencio.

Más desamparo.

El peso de la soledad la hizo doblarse sobre sí misma.

—¿Quería chantajearlo?

—¡No! —estalló.

—Hable o será peor, Carlota.

—Yo no sé nada… —dejó caer sus dos primeras lágrimas.

—Creo que sí sabe —Daniel la obligó a mirarle a los ojos.

—Sabía que Eva trabajaba para Villagrasa como gancho para conseguir contratos de obras, y que por eso tenía un piso estupendo y dinero cada mes, pero nada más, se lo juro. ¡No me lo contaba todo!

—¿Con quién salía?

—¡No lo sé!

—¿Quiere que la interroguemos en comisaría?

—¡No lo sé! —repitió ahogando un estertor—. ¡Le digo la verdad! ¡Eva era reservada para esas cosas! ¡Ni siquiera sé si trabajaba o no en algo de Villagrasa! ¡Estas últimas semanas parecía… enamorada!

El término los desconcertó un poco.

—¿Enamorada de un posible cliente de Villagrasa?

—Le repito que no sé si era un cliente. La veía… feliz.

—¿Le suena el nombre de Joaquín?

—No.

—Había un ramo de flores en su piso, y una tarjeta firmada por un tal Joaquín.

—Le repito que no me lo dijo —suspiró con cansancio—. La última vez que la vi me contó que estaba contenta porque quizá tuviera una oportunidad.

—¿De qué?

—De cambiar, de mejorar… Dijo que, sin dejar de sacar tajada con Villagrasa, porque había mucho dinero de por medio y quería su parte, a lo mejor se casaba y todo.

—¿No le preguntó con quién?

—¡Pues claro que lo hice, pero se limitó a sonreír con misterio y me aseguró que ya me lo contaría llegado el momento y si todo salía bien! ¡Iba a ganar más de lo que jamás hubiera soñado con la operación de Villagrasa! ¡Lo de casarse era… era insólito, inesperado! ¿Cómo querían que reaccionara? Me dejó boquiabierta. ¿Casada? ¡Jamás lo habría llegado a imaginar siquiera!

—Si era el mismo hombre al que había seducido por encargo de Villagrasa, ¿creía que le saldría bien jugar con las dos manos?

Carlota Miranda se encogió de hombros.

—Miren… —hizo acopio de fuerzas y valor para seguir—. A veces era fría y calculadora, no lo niego, pero otras también era una soñadora. En el fondo todos queremos una estabilidad, ¿no? Cuando a Eva le salía el lado romántico… ¡Pero si hasta perdió la cabeza y se enamoró de ese chorizo de tres al cuarto, Roberto Salazar! ¡Claro que era mucho más joven, pero se enamoró, y tardó en abrir los ojos! ¡Tuvieron que meterlo en la cárcel para que se diera cuenta! Se libró de él, pero…

—¿Pero qué?

—Pues que desde entonces vivía asustada, con mucho miedo de su ex. Yo se lo decía: preso o no, era peligroso. Y encima su hermano, que se obsesionó con ella. ¡No la seguía por orden de Roberto! ¡La seguía por sí mismo, típico de un adolescente salido!

El interrogatorio había dado un giro insospechado.

Con un elemento no previsto.

La gente mataba por dinero, venganza, odio… y por amor.

—Usted vivió con ella. Posiblemente era la persona que mejor la conocía en estos últimos años. ¿Alguna vez la vio a punto de casarse o le habló de hacerlo algún día?

—No —se dejó caer hacia atrás en la butaquita—. Cuando vivíamos juntas ya era así, enamoradiza, soñadora. Se montaba la película con el último que aparecía. Luego se daba el golpe, pero como si nada. Al siguiente, lo mismo. Se fue haciendo dura a base de desengaños, se cerró, pero en el fondo siempre le salía ese lado romántico, como un corcho. Creo que sí pensaba seriamente en el amor cuando me habló de esa oportunidad, porque nunca antes lo había hecho.

—Su novio, Esteban, ¿tuvo mucho contacto con Eva?

—No, ¿por qué? No le caía muy bien, pero nada más. Decía que era una mala influencia para mí. Apenas si coincidieron unas pocas veces —sacó un poco las uñas para defenderlo—. No le busquen tres pies al gato, por favor. Bastante difícil es ya una convivencia. Nosotros estamos bien juntos, ¿vale? Es todo lo que hay.

Daniel dejó pasar unos segundos.

Todo parecía en calma.

—¿Algo más, Carlota?

—No.

—Si he de interrogarla por tercera vez, lo haré en comisaría.

—No hay nada más —movió la cabeza de lado a lado.

—De acuerdo —levantó la voz un poco y la lanzó contra la puerta por la que acababa de irse el novio de la chica—: ¡Ya puede dejar de escuchar y salir, Esteban! ¡Hemos acabado!

La puerta se abrió.

El mismo talante hosco, la misma expresión de fastidio.

El aparecido caminó hacia su novia, para abrazarla y protegerla.

Víctor fue el primero en dar media vuelta. Daniel iba a seguirle cuando le detuvo Carlota.

—Encuentre al cabrón que lo hizo, por favor. No merecía morir así.

47

EL HERMANO DEL PRESO

Ir a la cárcel en un coche robado tenía su lado irónico.

Se habría reído de no ser por todo lo que sentía.

Y además, conducía como un loco.

Si le paraban…

Bueno, a lo mejor acababa en la misma celda que Roberto, y entonces…

Manuel Salazar lo dejó en el aparcamiento. Al salir, le bastaría con hacer otro puente. Por las noches solía robar vehículos más potentes, sobre todo si quería impresionar a alguna chica. Era un juego. Lo abandonaba en cualquier parte, sin un rasguño, y hasta dejaba una nota dándole las gracias al dueño. Otras veces lo aparcaba en el mismo lugar. Esta vez, sin embargo, se había llevado un automóvil discreto, del montón. Incluso sucio. Suficiente para llevarle a donde quería.

La cárcel.

El día era bueno. La hora era buena. Pasó los controles y lo condujeron a la zona de las visitas. La vieja Modelo se caía a pedazos y era lúgubre. Las nuevas cárceles eran modernas, aunque la sensación fuese la misma. Solía pensar en el día en que acabaría en una, como si jugase con la cartas marcadas. No tenía muchas esperanzas de que se librase. Roberto era más listo y allí estaba.

Pero, mientras, estaba dispuesto a vivir.

A robar coches.

Y, desde luego, a sacar a su madre del atolladero del banco.

Su hermano Roberto abrió mucho los ojos al verle. No dijo nada. Le condujeron y le sentaron delante de Manuel. Los dos esperaron hasta que el guardia estuviese lo bastante lejos para no oírlos. Manuel quería saltar, golpearle. Le costó contenerse. ¿La cabeza vendada? Le daba igual. No iba a preguntar. La cara de Roberto en cambio era un poema, y más con el aparatoso vendaje cubriéndole como un casquete.

Se quedaron mirando.

Puños apretados Manuel. Dudas en Roberto.

—¿Qué haces aquí? —le preguntó el mayor al menor.

No le contestó.

—Manu, coño.

Manuel Salazar miró a su alrededor.

Durante el trayecto en coche había estado imaginando la escena. Le escupía. Le saltaba encima. Le golpeaba.

Tanto odio…

Siempre le había idolatrado, hasta que Eva lo cambió todo.

—La mataste —le miró a los ojos.

Roberto cerró las dos manos e hizo un esfuerzo tremendo para no estallar.

Su voz tembló.

—¿De veras crees eso?

—Sí.

—Manu, ¿te has vuelto loco?

—Sabías que salía con otros y no lo soportaste.

—¡La quería! —chilló con voz ahogada—. ¿Es que no te das cuenta? ¡La quería!

—Cabrón de mierda, hijoputa…

—¡Coño! ¿Quieres callarte? Te juro que cuando salga…

—¿Qué, me harás una cara nueva, me matarás a mí también?

—¡Yo no la maté! —se desesperó mascullando entre dientes, lívido, con venitas marcadas en las sienes y la frente, los ojos desorbitados—. ¡Joder, Manu, bastante tengo con estar aquí por su culpa!

—¿Su culpa? —forzó una mueca—. ¡Tú te metiste solito en este lío, y de paso nos jodiste a mamá y a mí!

—¡Me metí por ella, porque estaba colado!

—¿Y por qué he de creerte?

—¡Porque soy tu hermano!

—Eres un mierda. La policía vino…

—¡Cállate!

Fue el fin del primer conato. Un *round*. Manuel atacando y Roberto a la defensiva. De no ser porque ya tenía en la cabeza la forma de ayudar a su madre, Manuel Salazar habría acabado haciendo lo que tanto deseaba: echarse sobre su hermano.

Saldar cuentas.

Se miraron como enemigos acorralados, jadeando, presa de sus emociones.

—Escucha, Manu —abrió las manos para calmarlo—. Hice que le dieran una paliza. Solo eso. A mí me daba igual que fuera guapa. La habría querido lo mismo. Pensé que…

—¿Pensaste que volvería a ti?

—¡No lo sé! ¡Me estaba volviendo loco!

—¿Crees que ella no habría sabido que fuiste tú?

—¡No!

—Dios… ¿Una paliza? —Manuel no podía creerlo—. ¿Por qué? ¿Eres idiota o…?

—¡No soportaba la idea de estar aquí y ella con otro!

—¿Y la solución era romperle la cara para que dejara de ser guapa?

Roberto no dijo nada.

De pronto todo parecía irreal, estúpido.

Bajó la cabeza.

—Me das asco —jadeó su hermano pequeño.

—Manuel…

—¡Vete a la mierda! —se dispuso a irse.

—Escucha —Roberto se inclinó hacia adelante para forzar la voz aunque seguían hablando en cuchicheos—. ¡Yo solo pedí eso, que le pegaran en la cara! ¡Y fue lo que hicieron! ¡Me lo ha jurado el que se encargó de todo! ¡El tipo cumplió el encargo, profesional! ¡Cuando él se fue, Eva estaba viva! ¿No lo comprendes? ¡Viva! ¡Has de creerme, Manu! ¡Te lo juro! ¡Alguien tuvo que matarla después! ¿Entiendes? ¡Alguien más!

Manuel Salazar ya estaba de pie.

Miraba a su hermano mayor, pero seguía viendo a Eva.

Siempre ella.

48

EN PASADO

MANUEL Y EVA

Recordaba el día que se lo dijo.

Lo tenía tan y tan presente...

De hecho, ilusoriamente, llegó a pensar que con la detención de Roberto, él lo tendría más fácil.

¿Por qué iba a ser absurdo?

—Eva...

—¿Manuel? ¿Qué haces aquí?

—He de hablar contigo.

—Vete o se lo diré a tu hermano.

—No podrás.

—¿Por qué no? ¡No seas niño, vamos!

—Eva, ha sucedido algo.

—¿Algo? —se había envarado—. ¿Qué le ha pasado a Roberto?

—Siéntate.

—Estoy bien de pie. Dímelo.

—¿Y si hubiera muerto?

Por un instante, creyó que flaqueaba.

No lo hizo.

No le creía.

—Si estuviera muerto no estarías aquí tan campante.

—¿Campante? ¿Te parezco campante?

—Manuel, me estás poniendo nerviosa. ¿Qué sucede?

Entonces se lo soltó, a bocajarro.

—Le han detenido.

Eva había fruncido el ceño, sin entenderlo.

—¿Detenido? ¿Por qué? ¿Qué ha hecho?

—Ha intentado robar una joyería.

Pudo apreciar la conmoción, la incredulidad, la forma en que ella trataba de asimilar la noticia y comprenderla.

—¿Que tu hermano... ha cometido un robo?

—Sí.

—¡Estás loco!

—Bueno, no lo ha cometido. Lo ha intentado. Pero sí, lo ha hecho.

Finalmente, Eva se había dejado caer en una de las sillas.

El rostro extraviado.

—No es posible...

—Ha sido en la plaza San Gregorio Taumaturgo, una que está en medio de la calle Ganduxer. Lo han hecho a mano armada, él y otro. Cuando huían, Roberto ha tropezado y se ha roto una pierna. Por eso le han cogido.

—Santo cielo...

—La policía ha estado en casa, nos han hecho preguntas a mamá y a mí. Dicen que aún es más grave porque han agredido al dependiente de la joyería y lo han dejado malherido.

La noticia iba penetrando despacio en la mente de Eva.

Robo a mano armada y con uso de la violencia.

Eso eran años de cárcel.

Años.

Manuel creía que rompería a llorar, pero no lo había hecho.

Solo aquella mirada tan dura.

—De acuerdo, ya me lo has dicho. Ahora vete.

—No.

—Vete, Manuel.

—¡Que no!

—¡Maldita sea! ¿Qué pasa contigo?

—¡Eres la novia de mi hermano!

—No, esto no va de que sea la novia de tu hermano. Va de ti, no soy tonta.

La abrazó.

Fue instintivo.

Un paso y… la abrazó.

Casi la derribó de la silla.

Era la primera vez que la tocaba así, que la sentía así. Fue como tirársela.

Eva le empujó con todas sus fuerzas.

—¡Manuel, ya vale!

—¿Por qué no?

—¡Porque no! ¡Es tu hermano!

—¡Soy mejor que él!

—¡Eres un crío!

—¿Quieres que te demuestre que no lo soy?

De pronto se convirtieron en dos fieras enjauladas. Una, acorralada. La otra, dispuesta a morir luchando.

—Déjame, por favor —le había suplicado ella.

—¿Cómo voy a dejarte? Ahora estás sola.

—Siempre he estado sola.

—¡Me necesitas! Roberto…

—Roberto pasará un tiempo en la cárcel, Manuel. Ya no me hago ilusiones. Pero tampoco has de hacértelas tú —se levantó dispuesta a echarle, con el semblante endurecido de pronto—. Esto es una pesadilla, sobre todo para él, pero mañana empezaremos de nuevo, los tres.

Había esperado que ella se echara a llorar.

Había esperado muchas cosas, no aquella.

Tanta entereza.

Tanta serenidad.

—Eva, nunca te dejaré —logró decirle.

No supo si ella le creyó.

Pero hablaba en serio.

49

EL PRESO

Roberto Salazar vio cómo su hermano se marchaba de la sala de visitas.

Por un momento pensó que era la última vez que le vería.

Por lo menos, estaba seguro de que allí, en la cárcel, así iba a ser.

—Manu...

¿En qué se había equivocado?

¿En todo?

Robar aquella joyería para ganar dinero fácil. Dejarse coger tan absurdamente por una caída. No denunciar a su cómplice, que fue el que agredió al dependiente. Acabar en la cárcel, con su madre sola y sin nada y su hermano pequeño...

Lo único que había querido en la vida era a Eva.

Y por Eva lo había perdido todo.

No era justo.

—Vamos, Salazar. Aún es hora de patio.

Costaba imaginar un mundo al otro lado de aquellas paredes. El mismo sol a ambos lados, pero universos paralelos sin mucho parecido. La gente pasaba por la carretera y miraba el complejo carcelario. Eran libres y felices. No tenían ni idea. La mayoría seguro que pensaba que todo estaba mejor así. Los malos dentro, los buenos fuera. Como pasar al lado de un manicomio. Los locos dentro, los cuerdos fuera.

Si todos los buenos y los cuerdos se quitaran la careta, faltarían cárceles y manicomios.

Llegó hasta el patio sin saber cómo.

El Perlas le vigilaba.

De cerca.

¿Acaso tenía miedo? No lo sabía, ni le importaba.

Todo le importaba una mierda.

—¿Visita?

—Mi hermano.

—Vaya.

Era parco, así que lo dijo.

—Cree que yo la hice matar.

—No jodas.

—Está medio loco.

—¿Te ha creído?

—Y yo qué sé.

—Oye, tío, ¿te ha creído?

—¿Qué más da? No es más que un niñato.

—Un niñato que puede largar.

—Le he dicho que pagué para que le dieran una paliza y nada más, y que el que lo hizo la dejó vivita y coleando cuando se marchó.

—Como meta la pata…

—¡Eh, eh! Tranquilo.

—Yo solo digo que como meta la pata… —le avisó en serio.

—Qué vas a hacer, ¿eh?

—¿Yo? Nada. ¿Pero tú te crees que los de fuera se andan con chiquitas?

Roberto Salazar se enfrentó a él.

—Como le toquéis un pelo…

—Si tiene la boca cerrada, no hay problema —plegó los labios Marianico.

—No es idiota, ¿vale?

Sin embargo, ya no estaba seguro de nada.

¿Era capaz Manuel de vengarse de él?

No, no, no.

Se apoyó en la pared y levantó la cabeza para que el sol le diera de lleno.

—¿Quién lo hizo? —resopló.

El Perlas se encogió de hombros.

—Vete a saber. Cualquiera.

—No, cualquiera no.

—¿No decías que estaba así de buena? —lo justificó—. Esas tías no se conforman con alguien como tú, y mucho menos a esperar cuando llegan mal dadas. Chasquean los dedos y tienen a quien quieran.

Creía que Roberto ya se había calmado.

No era así.

Se lo encontró encima, con una mano agarrándole el cuello y la otra levantada.

—¿Pero qué...?

—¡Cállate, cabrón!

—¿Quieres soltarme? ¡Estás pirado! ¡Ninguna tía vale que te comas el tarro por ella, te lo dije! Le diste lo suyo, ¿no? ¡Pues ya está! Alguien aprovechó la paliza, vale, mala suerte. ¡Ahora pasa, joder! Bastante te ha liado ya, que estás aquí por su culpa.

Iba a golpearlo.

Lo necesitaba.

Pero no llegó a hacerlo.

Uno le sujetó la mano. Otro le hundió algo muy duro en el flanco.

La voz fue de un tercero, a su espalda.

—Vía, Salazar. Y ándate con ojo.

50

EN PASADO

ROBERTO Y EVA

Eva miraba por la ventana. Desnuda, tal cual, sin importarle algún posible mirón aunque fuesen las dos de la madrugada.

La noche era clara. Noche de luna llena. El paisaje al otro lado, sin embargo, no era idílico. Paredes, casas, silencio, y otras ventanas oscuras y cerradas tras las cuales dormían los demás.

O la espiaban por entre las rendijas de las persianas.

—Apártate, ¿quieres? —le pidió Roberto.

—¿Por qué?

—Porque pueden verte.

—¿Y qué?

—¿Quieres que algún desgraciado se lo monte a tu costa?

Le lanzó una mirada desafiante y siguió tal cual.

—Eva…

—Déjame en paz, va.

Si algo empezaba a temer Roberto después de tantos meses, más que sus enfados, eran sus silencios.

Aquella forma en que Eva se encerraba en sí misma.

Impenetrable.

Y si discutían, ella le decía:

—Tengo mi mundo interior, ¿sabes? Todos necesitamos espacio para crecer.

Ni siquiera sabía de qué coño le hablaba.

¿Mundo interior?

¿Crecer?

Eva estaba cambiando demasiado rápido.

—Va, ven aquí.

—Que no.

—Déjame que te abrace, mujer.

—¿Quieres follar otra vez? Porque todos tus abrazos acaban igual.

—No, tranquila. Es que... no sé, te veo triste.

—Míralo, el psicólogo.

—¿Qué te pasa?

—Nada.

—Oye, no hagas que me enfade, ¿eh? —se puso serio—. ¡Joder, que es por ti! Te pasa algo y ya está. Si no quieres contármelo es porque tiene que ver conmigo y me mosqueo.

—No eres el centro del universo, Roberto.

—¿Y eso qué quiere decir?

—Que hay vida más allá de ti.

Seguía sin entenderla, y eso le fastidiaba mucho.

Muchísimo.

—Eva, dímelo o tenemos la noche.

Era una amenaza, pero algo le dio a entender que ella no cedió por eso. Quizá en el fondo solo quería hacerse de rogar. Tácticas femeninas. ¿Cómo saberlo? De pronto se apartó de la ventana y se sentó en la cama, cerca de él pero fuera del alcance de sus manos. Bañada por la tenue luz de la pequeña bombilla con la que lo hacían, era un claroscuro animado. La piel suave y brillante, la mata de pelo negro, el deseo constante que la envolvía...

—No es nada —suspiró—. Supongo que estoy algo deprimida.

—¿Te viene la regla?

—¿Por qué todo lo reducís a eso?

—Porque es lo que os provoca los cambios, ¿no?

—Hay más cosas, Roberto.

—¿La falta de trabajo?

—Y más. Esto —abarcó la habitación con la mano derecha—. Hacemos el amor en tu casa, aprovechando que tu madre trabaja hasta las tantas, con tu hermano al otro lado de la pared escuchándonos y haciéndose pajas a mi costa. ¿Crees que es para entusiasmarse?

—Sabes que es temporal.

—No me hagas reír.

—¡Te lo juro! Todo cambiará, tranquila.

—¿Cuándo? ¿Y cómo? ¿No ves que hay cosas que son inamovibles?

—Sabes que te daré la luna.

—No seas infantil, por favor, no te va.

—¿Por qué no me crees?

—¡Porque esto es lo que hay! —volvió a mover el brazo—. ¡Y de aquí no se sale así como así!

—Te juro que tendrás un piso de puta madre, y dinero, y viajaremos a donde quieras —le había dicho muy serio.

Eva lo miró entonces de aquella forma.

Su sonrisa de pena.

Su dolorosa conmiseración.

—No seas iluso —le dijo.

—Acabo de jurártelo.

—¿Y cómo vas a darme todo eso?

—Por ti sería capaz de todo, hasta de robar un banco.

La risa de Eva había flotado por las cuatro paredes antes de irse por la ventana, hacia la noche.

—¿Tú?

—Sí, yo.

—Roberto, no tienes lo que hay que tener… ni quiero que lo tengas —trató de ser precisa.

—No me provoques…

—¡No lo hago! —se inclinó hacia él—. ¡Solo faltaría que cometieras una estupidez! Bastante frágil es todo.

—¿Frágil? —se asustó—. ¿Hablas de lo nuestro?

Otra vez aquella mirada, ahora envuelta en pena.

Un extraño dolor.

—Cariño, el dinero es importante —se lo dijo muy despacio, mirándole a los ojos—. Ningún amor sobrevive en la miseria.

—Eva...

—No, déjalo —se levantó de nuevo.

—Sé que podrías tener a los hombres que quisieras, pero lo nuestro es especial, ¿no?

Volvía a estar en la ventana.

No hubo respuesta.

—Eva, no jodas...

La deseaba de una forma tan brutal que...

No pudo evitarlo. Se le cruzaron los cables. Saltó de la cama y antes de que ella pudiera reaccionar la acorraló contra la pared. Le puso la mano derecha en el cuello.

Apretó sin darse cuenta.

—Te mato si... —empezó a decir.

—Me... haces... daño —se ahogó.

La escena se congeló un par de segundos. No más. Pero se hicieron muy largos. Cuando la soltó, ella jadeó llevando aire de manera apresurada a los pulmones.

Lejos de quedarse asustada, o amedrentada, entonces le atravesó con una mirada de fuego y le señaló con el dedo índice de la mano derecha.

—No vuelvas a ponerme nunca la mano encima, ¿has entendido? —lo repitió igual de despacio, remarcando cada palabra—. Nunca. Al último que lo hizo le acuchillé.

Roberto se dio cuenta de que hablaba en serio.

—¿Tú? —vaciló.

—Sí —dijo Eva— Era mi padre.

51

EL PADRE

Germán Romero miraba la tumba.

El viejo nicho del cementerio de Hospitalet de Llobregat.

Gastado, sin siquiera una placa de mármol, sin ningún nombre, sin flores, sin nada salvo los restos de Renata al otro lado.

Posiblemente ya deshechos.

Era la primera vez que estaba allí desde el entierro.

No había nadie cerca, así que miró a ambos lados. Tres nichos más allá, justo a ras de suelo, vio dos ramos de flores aún frescas. Se aseguró de estar solo, se aproximó, cogió el ramo que estaba más entero, y regresó a su lugar.

Por suerte, la tumba quedaba a la altura de los ojos. Un tercer piso.

Colocó el ramo de flores en la repisa.

Luego siguió quieto, uno o dos minutos más.

¿Qué se hacía delante de una tumba?

Rezar, claro.

Él rezaba siempre.

Dios no le prestaba mucha atención, pero él rezaba siempre.

Necesitaba mucho perdón.

Bebía, fornicaba, maldecía…

—Renata…

Silencio.

—Renata, ¿me oyes?

Levantó los ojos al cielo.

—Sí, sé que me escuchas —afirmó convencido—. Ahí arriba tenéis tanta paz…

Como si el eco se burlara de sus palabras, a lo lejos se escuchó una sirena. Probablemente una ambulancia.

Alguien que quería vivir.

—Renata, sé que ya lo sabes, pero… Bueno, vas a tener compañía.

Tendría que regresar, y ver cómo abrían la tumba, cómo quitaban la losa de cemento, cómo aplastaban sus restos o los empujaban hacia el fondo, y cómo ponían encima el ataúd de su hija para, después, volver a sellar el cuadrado de cemento para siempre.

Sí, ya, para siempre no. Solo hasta el día del Juicio Final.

Tampoco debía de faltar tanto.

El mundo estaba loco, ¿no?

Loco y perdido.

—Renata, lo siento —se acercó un poco más para que ella le oyera mejor.

¿Y el perdón?

Tenía que ir a confesarse.

Necesitaba el perdón.

—No he sabido hacerlo mejor —siguió hablando.

Por el camino de su derecha apareció un coche mortuorio. Iba despacio. Detrás, otros dos automóviles. A pie, una docena de personas. Sobre el coche y a los lados, cinco grandes coronas de flores. *De tus hijos que te quieren, De tus empleados. Fuiste el mejor jefe, Tus nietos no te olvidan, La Asociación siempre contigo…*

No se quedaron por allí. Siguieron calle arriba hasta desaparecer todos llevándose sus lágrimas y su dolor.

De nuevo, Renata y él, solos.

—Por favor, Renata. Dime lo que he de hacer.

Ninguna voz.

No se abrieron los cielos ni le habló una zarza de espinas en llamas.

No había ninguna zarza. Solo las flores marchitas de las tumbas que gozaban de ellas.

—Ya sé que te volviste loca —pareció insistir—. Y sé que en el fondo eras más lúcida que yo. Pero ahora… Esto… —abrió las manos desnudas—. No sé qué hacer, Renata. No lo sé. Me he quedado solo.

De pronto, el silencio se convirtió en un grito.

Estalló en el alma, en la mente, en el corazón.

Y miró la tumba con ira.

—Eva salió a ti —dijo en tono de reproche—. ¡Fue como volver a tenerte ahí, recordándomelo todo!

¿Por eso no soportaba a su hija?

¿Tan simple?

—¡Yo te quería, pero me hundiste la vida! ¡Ni siquiera tenías derecho a quitarte la tuya! ¡Pariste a Eva con todos tus pecados! ¡Con todos! ¡Se los pasaste a ella y te fuiste! ¡Maldita sea, Renata! —se santiguó—. ¡Maldita sea!

Dio un paso más, hasta quedar a un palmo del nicho.

Y lo golpeó.

Con el puño cerrado.

—¡Renata!

Desde la eternidad, siguió sin llegar ninguna respuesta.

52

EN PASADO

GERMÁN Y EVA

Aquel día…

No el de la cuchillada.

Ese no.

El del adiós.

A veces lo sentía igual que si todo hubiese sucedido veinticuatro horas antes.

Tan vivo.

Cuando llegó a casa, vendado y cansado, renqueante, un poco zombi todavía a causa de los calmantes, se la encontró ya con todo hecho.

Una mochila y dos bolsas.

Se quedaron mirando.

Sorpresa en los ojos de ella.

Dudas en los de él.

—¿Qué haces?

—Pensaba que no te daban el alta hasta mañana.

—Estoy bien —y volvió a preguntarlo—: ¿Qué haces?

Eva le había señalado la mochila y las bolsas.

—¿A ti qué te parece?

—¿Te vas?

—Sí.

—¿Adónde?

—Con una amiga.

—¿Cuántos días?

No le contestó.

Notó cómo Eva se ponía en guardia.

—¿Cuántos días? —repitió él.

La respuesta fue muy serena.

—Papá, no volveré.

—¿Qué?

—Se acabó, y no trates de impedirlo.

—No puedes...

—Sí puedo —le interrumpió—. Pero no es solo eso. Es que he de hacerlo.

—Eres menor de edad —le recordó.

—Si me lo impides, me escaparé y será peor. Y cuando cumpla los dieciocho no volverás a verme nunca más.

Empezó a darse cuenta de la realidad.

Y sabía que era como detener un tsunami con las manos desnudas.

—Vamos, Eva, fue un mal momento. De los dos.

—No fue un mal momento y lo sabes. Fue la gota que rebosó el vaso. Casi nos matamos. Que no me hayas denunciado no significa que vaya a seguir aquí. No puedo. Ya no.

Lo había intentado por otro lado.

Aún más inútil.

—Te condenarás a los ojos de Dios.

—Papá, deja a Dios en paz, ¿quieres?

—El Señor te mira.

—Vale, que mire todo lo que quiera, pero él no está aquí. Y no me vengas con lo de que eso es blasfemia o cualquier interpretación de las tuyas. ¿No dice en algún lugar de la Biblia que los hijos han de volar y ser libres?

Eva iba a recoger sus cosas.

Supo que no podría impedírselo.

No recién salido de un hospital después de que ella lo acuchillara.

Ya no era una niña.

—No me dejes solo, Eva.

Era una súplica.

Él.

Él le suplicaba a ella.

—Papá —siguió hablándole despacio, con cauta entereza—. Yo no puedo vivir así, y mucho menos contigo. Ahí fuera tengo una oportunidad y quiero aprovecharla.

—¿Haciendo qué?

—No lo sé. Pero me buscaré la vida, descuida.

—¡Acabarás…!

—No lo digas —le apuntó con un dedo inflexible.

—Eres como tu madre…

—No es cierto.

—Ella me mató el alma.

—No lo hizo, pero ya da igual —no quería discutir, pero tampoco callar—. Fuisteis los dos. Os asfixiasteis y destruisteis el uno al otro. Ella se mató y sé muy bien lo que pasaste por culpa de eso. Incluso creo que has tenido mala suerte. Si me voy es para no repetir todo aquello.

—Eva —se desmoronó—, siempre seré tu padre.

—Y yo tu hija. Tranquilo, vendré a verte.

—No lo harás.

—Lo haré —señaló su torso vendado—. Lo haré cuando esto haya hecho algo más que cicatrizar.

Era todo.

Eva recogió la mochila y se la puso a la espalda. Luego cogió una bolsa con cada mano.

Dio el primer paso.

Ya no se lo impidió.

—¿Puedes abrazarme? —le preguntó al pasar por su lado rumbo a la puerta.

Y ella le contestó:

—Hoy no, papá. Quizá la próxima vez.

53

EL CONSTRUCTOR

Florentino Villagrasa seguía sudando. No había dejado de hacerlo desde que la policía se marchó de su despacho.

Más: desde la llamada de Carlota Miranda.

Se dio cuenta de que sufría un ataque de pánico cuando el corazón se le disparó como una ametralladora y una nube roja empezó a cubrirle los ojos.

—Calma… calma…

Respiró, intentó no pensar en nada, pero lo primero le costaba y lo segundo era imposible.

Precisamente lo que tenía que hacer era pensar.

¿Pero en qué, y cómo, y en qué orden?

Eva asesinada.

La empresa al borde del colapso.

Recordó a su padre, en uno de sus habituales sermones instructivos y paternalistas:

—Florentino, cuando te viene un toro de cara, para embestirte, ¿qué haces? ¿Huir? No. ¡No! Al contrario. Si huyes estás perdido. El toro te corneará sin remisión. Lo único que puedes hacer es esperarlo y cogerlo por los cuernos. ¿Me comprendes? ¡Por los cuernos! Puede que acabes igual, corneado, pero al menos lo harás de pie y mirando a los ojos a la bestia.

¿Cómo se cogía aquel toro por los cuernos?

Y de nuevo su padre:

—Siempre queda una última carta por jugar. Cuando creas que tienes perdida la partida, búscala y encuéntrala. Te sorprenderá de lo que es capaz una persona acorralada.

Miró el mapa con los terrenos soñados.

Los terrenos sobre los que construir algo más que un puñado de casas.

Iba a perderlo todo. La ruina.

¿Y si la última carta era, precisamente, la que tenía que sacarse de la manga y poner sobre la mesa boca arriba?

—Juégatela —se dijo a sí mismo.

Una llamada.

Sí, jugársela.

Cerró los ojos y contó hasta diez. Por lo menos, acompasó un poco más la respiración. Cuando los abrió, miró los dos teléfonos, el fijo y el móvil.

¿Cuál usar?

—¡Vamos, Florentino! —suspiró—. No seas paranoico. Nadie te ha pinchado nada, ni a él. ¡Es imposible! No hay ninguna investigación, todo es de lo más normal.

¿Pero, entonces, por qué los periódicos estaban llenos de teorías conspirativas, reales o inventadas?

¿Por qué, cuando algún caso de corrupción saltaba a la palestra, aparecían grabaciones y más grabaciones?

¿La gente estaba loca?

No había vuelta atrás.

Fuere como fuere, tenía que hacerlo.

¿No lo tenía todo perdido?

Esa era la última carta.

Escogió el móvil y también buscó el número de móvil de Auladell. Si lo llamaba al fijo, alguien del ayuntamiento, cualquier secretaria, podía escucharlo. El móvil era privado. Entre ellos.

Ya no se lo pensó más.

Contó hasta tres y…

—¿Sí?

—Joaquín, soy Florentino Villagrasa.

Quizá no estuviese solo. Quizá le pillase en mal momento. Quizá en mitad de un pleno del ayuntamiento. Quizá…

—Vaya por Dios —fue la inconcreta respuesta.

—¿Sabes…?

—No, espera —lo detuvo—. El pleno será el lunes próximo. Hasta entonces no hay nada. ¿No comprendes que esta llamada me compromete?

—No iba a preguntarte eso —calculó la forma de decirlo.

—¿Entonces por qué llamas?

—Joaquín, ya vale.

—¿Ya vale qué?

—Lo de Eva lo cambia todo.

Fue un silencio incómodo.

Frío.

—No voy a hablar de Eva contigo —dijo el concejal de urbanismo.

—¿Ah, no?

—No —empleó un tono más firme—. Además… Bueno, no creo que quiera volver a verme. Ni siquiera sé nada de ella desde hace cuatro días. Supongo que la habrás visto.

—¿Estás jugando conmigo?

—¿Yo? No. ¿Por qué iba a jugar contigo? ¿Qué te pasa?

—¿Es que no lo sabes?

—¿Saber qué, por Dios? ¡Me estás poniendo nervioso!

Se dio cuenta de que Auladell empezaba a perder la paciencia.

Y si mentía, lo hacía bien.

Parecía sincero.

—¡Eva ha muerto!

Si el silencio anterior había sido frío, el de ahora fue gélido.

Con aroma de muerte.

—¡Joaquín, la policía ha venido a verme hace un rato!

—¿Pero de qué estás hablando? —se produjo el estallido al otro lado.

—¡No les he dicho nada, no les he hablado de ti, pero saben que era empleada mía y que salía con alguien llamado Joaquín!

Casi pudo escuchar el fragor de los pensamientos de su interlocutor.

—¿Cómo...? —intentó ordenarlos.

—¿La mataste tú?

El grito fue estentóreo.

—¡¿Te has vuelto loco?!

—¡La asesinaron y echaron su cuerpo desnudo al Llobregat!

—¿La chica de la que hablan los periódicos es... Eva?

—¡Sí, maldita sea! ¡Eva!

—Dios... —la voz tembló. Por un momento se lo imaginó en su despacho del ayuntamiento—. No es... posible...

—¿Te das cuenta de lo que supone esto, Joaquín?

Pareció no escucharle.

Como si hablara para sí mismo.

—Yo estoy... estaba enamorado de ella... Y Eva... No, por Dios...

Florentino Villagrasa ya no esperó más.

Incluso si la había matado él, era lo de menos. Lo tenía donde quería.

—Joaquín, escucha bien lo que voy a decirte —tomó aire—. Ahora ya da igual, y de quien la haya matado se ocupará la policía, pero nosotros... Este es un lío de mil demonios. Que no cambien las cosas. Los dos somos mayores y sabemos lo que nos jugamos. De entrada vamos a callar. Si nadie te relaciona con ella, tranquilo. Y si lo hacen y no tuviste nada que ver, más. Tranquilo. Pero en lo que respecta a mí... Yo necesito esa obra, Joaquín. La necesito y no estoy jugando. ¿Para qué fingir? Seamos profesionales, ¿de acuerdo?

Yo callo que te enrollaste con una empleada mía y tú el lunes haces que me adjudiquen la contrata. Así, todos contentos, ¿estamos?

—Estás loco... —pareció jadear Joaquín Auladell.

—¡Hazlo!

Fue un grito desesperado.

Y sonó patético.

—Florentino, yo no me enrollé con Eva. Has estado tan ciego todas estas semanas... Ni siquiera intuyes la verdad, ¿cierto?

—¿Qué verdad?

—Eva me lo contó todo, tu plan, cómo la mandaste para que me sedujera. Todo. ¿Y sabes por qué lo hizo?

—No es... posible...

—Lo hizo porque estábamos enamorados —hablaba con una inesperada suavidad—. Ya ves tú, ¡enamorados de verdad! Se quitó la careta. Primero trabajó bien, sí. Una pura seducción. Me pilló de lleno con lo de la separación y en mis horas más bajas, sintiéndome el peor de los fracasados. Que alguien como ella me hiciera caso fue... Me dio lo que necesitaba y más. Caí. Lo inesperado es que también cayera ella. Una noche me lo confesó todo. La noche que le dije que tu licitación era la mejor y, posiblemente, te adjudicaran las obras. Se vino abajo, rompió a llorar, me pidió perdón y comprendimos la verdad. Pudo callarse, pero quiso ser honesta. En el fondo era así. El amor la hizo reaccionar —hizo una pausa breve—. Solía hablarme de la empresa y de su trabajo, claro. Me decía que si os adjudicaban esa obra pública, ella ganaría más, tendría un mejor puesto, y que si no era así, a lo peor teníais que cerrar y se quedaba en la calle. Joder, Florentino... Era convincente, persuasiva. Cualquier hombre habría hecho lo que fuera por ella. Yo el primero. Sin embargo, ni siquiera Eva pudo contar con ese imprevisto: enamorarse de mí —empezó a quebrársele la voz—. Todo era perfecto. Todo. Hasta que yo... yo la cagué, ¿entiendes? Hace cuatro días la perdí... Joder, joder, joder...

Florentino Villagrasa le oyó llorar.

Ni siquiera prestó atención a las últimas palabras del concejal. Todavía le bailaban por la mente las de antes.

Eva le había traicionado.

Pero la licitación de Construcciones Villagrasa era la mejor.

La mejor.

—Joaquín.

Al otro lado de la línea, el naufragio era evidente.

—Joaquín, por favor… Mira, de acuerdo, olvidémoslo todo y centrémonos en lo único que ahora importa. Dadme ese contrato y te juro que no te arrepentirás. Joaquín, ¿me escuchas?

Y, de nuevo, lo que le llegó fue aquel secreto convertido en amargo lamento:

—La cagué… Me faltó valor y… La cagué y la perdí… Tuve miedo… Eva… ¿Por qué?

54

EN PASADO

FLORENTINO Y EVA

—¿Este?

—Sí.

—Es guapo.

—¿En serio?

—Se parece un poco a Tom Cruise.

—Ah.

Eva siguió examinando la fotografía.

—El último era un careto, Florentino. Y todo manos. Este por lo menos parece que vale la pena —manifestó con aplomo.

—Los datos van en este archivo. Léetelos bien. Cuando…

—No me digas cómo hacerlo, ¿vale?

—Eva, por Dios… —le quitó la foto y la cogió por los brazos—. Estamos hablando de la salvación de mi empresa, de tu futuro, de asegurarnos años de bienestar. Esto es lo más serio que jamás he tenido. Y lo más serio que tendrás tú. Con lo que te pagaré podrás dejar de trabajar para mí y concentrarte en tu carrera.

—No me engañarás, ¿verdad?

—¿Por qué iba a engañarte?

—Quedamos que cien mil en metálico, y el piso a mi nombre.

—Y así será.

—Pero no hay nada escrito.

—¿Qué quieres que escriba? Esto no puede ponerse en un papel. ¿Todavía desconfías de mí? ¿Acaso no he cumplido siempre con todo lo que te he dicho?

—Sí, pero es mucho dinero. Como te eches atrás una vez conseguido tu propósito...

—¡No seas tonta! —se enfadó por las dudas—. ¿De qué me serviría tenerte enfadada o dispuesta a vengarte?

—Sabes que me vengaría, ¿eh? —lo miró maliciosamente.

—Eres capaz.

—Dime una cosa —Eva se había cruzado de brazos lanzándole una mirada penetrante—. ¿Cuánto vas a ganar tú con esto?

—El dinero es importante, pero más lo es la salvación de mi empresa.

—Pero ganarás mucho.

—Sí.

—¿Y si te pido un millón?

—No te pases.

—En los casos de corrupción que aparecen en los periódicos siempre se habla de millones.

—Eso es para los partidos o los políticos ambiciosos. Un piso y cien mil euros para ti está más que bien y lo sabes.

Eva volvió a coger la fotografía.

—Joaquín Auladell, regidor de urbanismo de Hospitalet de Llobregat —la besó—. No sabes lo que se te viene encima.

—Lo importante es que no ocultes que trabajas para mí. Ha de ver que tu interés es real. Si nos dan la obra, tú asciendes, te suben el sueldo y mejoras. Si no nos la dan, cerramos y te quedas en la calle. Con unas lágrimas bastará, seguro. Por lo que sé por el detective, la separación de su mujer le ha dejado fatal, hecho una mierda.

—¿Por qué se separaron?

—Fue ella, y no es que él tuviera una amante. Simplemente se le cruzaron los cables y le dio la patada. ¿Te digo algo?

—¿Qué?

—Tú eres de izquierdas, ¿verdad?

—¿A qué viene eso?

—Viene a que tanto Auladell como su mujer son de izquierdas. Viene a que las mujeres de izquierdas sois muy progres, muy liberales. ¿La familia? Eso ya no se lleva, está en desuso. Lo importante parece que sea amontonar experiencias, novios o novias. Y desde luego hay muy poca paciencia. A las primeras de cambio, puerta y adiós. Así de fácil. Las mujeres de derechas en cambio son fieles, defienden a la familia con uñas y dientes, no se separan, y aunque el marido sea un capullo, aguantan lo que les echen. Una gran diferencia.

—¿Crees de verdad lo que dices?

—Sí.

—Que tú no hayas intentado nada conmigo es miedo, nada más.

—No.

—¡Oh, sí! ¿Fidelidad a tu santa? Más bien miedo a perderlo todo.

—No hablamos de mí.

—Pues no generalices. Cuando una pareja se separa siempre hay algo, un mar de fondo, una crisis no resuelta. No sé por qué lo hizo esa mujer, pero si él se ha quedado jodido es que la quería. Contra eso sí tendré que luchar. Y más habiendo una hija adolescente de por medio. ¡Jesús, montárselo con un bicho así sí que asusta!

—No creo que ni llegues a conocerla.

—Por si acaso. Voy a parecer una hermana mayor.

—Eva, el principal hándicap contra el que luchamos es que Auladell es buen tío, y honrado. Los han elegido en la alcaldía como independientes, en contra de los partidos habituales, por esa misma razón. Van de regeneradores. Y su caballo de batalla es urbanismo. La decisión de esa contrata de obra pública va a ser lo primero con lo que van a lidiar. Joaquín Auladell solo caerá si se enamora de ti. Y aun así, no te será fácil. Tendrá que estar muy, muy enamorado, o loco.

—Tranquilo. Me convertiré en una princesa candorosa y tierna. ¿Sabes ya cómo voy a conocerle?

—Le llevarás unos papeles de mi parte, unos documentos para unir al proyecto que ya tienen. Será visto y no visto. Has de dárselos en mano y entablar conversación con él. Si no funciona así, por estar en su despacho, a la salida le esperas y le engatusas con cualquier excusa para que te lleve a casa o a donde sea. Le cuentas tu vida, le muestras los resquicios por los que atacar y le haces volver a sentirse hombre. Basta con que te invite a cenar o a tomar una copa.

—¿Y si ni así cae?

—Lo hará.

—Parece que tu confianza en mí es incluso mayor que la mía.

—Lo sabes todo de él. No puedes fallar. Todo está a tu favor.

La contempló expectante. Cada día que pasaba estaba más guapa. A veces le costaba no imaginarla desnuda, en la cama, a su lado. Lo mejor es que sonreía, como si para ella fuese un juego.

Lo último que le dijo Eva fue:

—Ya está mayor, pero siempre me ha gustado Tom Cruise, ¿sabes?

55

EL POLÍTICO

Seguía colapsado.

Eva muerta.

¿Muerta?

Era lo más absurdo que jamás hubiera imaginado, y sin embargo...

Aquella noche...

Joaquín Auladell cerró los ojos.

Dos lágrimas resbalaron por sus mejillas.

Mucho peor fue todo lo que sentía por dentro.

Aquel desgarro emocional.

Lo primero que hizo al recuperarse un poco fue abrir el ordenador y buscar la noticia. No le costó. Ya era del dominio público a pesar de que, por alguna extraña razón, el nombre seguía sin aparecer.

Una mujer muerta, asesinada, arrojada desnuda al Llobregat.

No tenía sentido.

La cara machacada sí. Lo demás...

Le dolió el pecho.

¿La gente tenía infartos por cosas así?

Se levantó asustado y salió del despacho tras asegurarse de que no había nadie cerca. El lavabo estaba a menos de diez pasos. Se metió en él, se miró al espejo y se lavó la cara.

Inútil.

La imagen era la misma.

Desconcierto, incredulidad, miedo.

¿Qué haría si llegaba la policía?

¿Decir la verdad?

Sí, no tenía otra salida. La verdad era lo único que podía salvarle, por extraordinaria que pareciera.

—Es culpa tuya —le dijo a su otro yo reflejado en el espejo.

Su otro yo calló.

Le daba la razón.

—La perdiste esa noche —susurró—. Idiota, idiota, ¡idiota!

¿Por qué?

¿Por qué reaccionó tan cobardemente?

Tenía que estar seguro.

¡Claro! ¡Tenía que estar seguro!

Salió del lavabo con la cabeza baja y regresó al despacho. Cerró la puerta y se sentó en la silla giratoria. Primero buscó en Google Maps el número telefónico. Luego cogió el auricular del de sobremesa y lo marcó. Al otro lado le atendió una jovial voz femenina.

—Hospital de Bellvitge, ¿dígame?

—Señorita, es para hacer una consulta.

—Bien, señor.

—Quería saber si una mujer llamada Eva Romero, que ingresó hace cuatro días por la noche con heridas en el rostro, fue dada de alta de inmediato.

—¿Eva Romero?

—Sí, gracias.

—Esto es... el lunes.

—Sí.

—¿Es usted familiar?

—Sí, soy su hermano —mintió—. He llegado hoy a Barcelona y no la encuentro. Si fuera tan amable... Solo quería saber eso.

Transcurrieron unos segundos.

El suelo se movía bajo sus pies.

—Señor... —reapareció la voz de la joven—. No me consta ningún ingreso con este nombre.

Estaba tan espeso, que le costó entenderla.

—¿Perdone?

—Le digo que esa noche no ingresó ninguna persona llamada Eva Romero. ¿Está seguro del día?

—Sí, sí —insistió—. Tenían que ser exactamente las once y cuarenta de la noche del lunes.

Otra espera, más breve.

—Ninguna Eva Romero, y no solo el lunes. Tampoco el día anterior ni el siguiente. Si esa señora estaba herida, no la atendimos aquí.

—Pero esto es... imposible —farfulló atropellado.

—Pues lo siento mucho, señor. Es lo que hay. Buenos días.

No intentó detenerla.

Buenos días.

¿Eva no había cruzado aquella puerta?

¿Por qué?

Todas las preguntas se agolparon en su mente, embotándosela.

¿Por qué no entró con ella en urgencias?

¿Por qué tuvo miedo de dar su nombre?

¿Por si pensaban que había sido él o por si luego salía en algún maldito periódico y quedaba señalado justo al comienzo del nuevo cargo?

¡La quería y había tenido miedo!

—¿Por qué la dejaste sola? —gimió rompiéndose de nuevo. Mierda, Joaquín... ¡Mierda!

56

EN PASADO

JOAQUÍN Y EVA

Nunca olvidaría ese momento.

En la cama, boca arriba, llenos de paz, y Eva mirándole de aquella manera.

Fijamente.

Con una expresión…

—¿Qué piensas? —le preguntó.

—Todo.

—¿Y qué es todo?

—Esto. Tú y yo. Lo que está pasando.

—¿De veras piensas en ello?

—Claro.

—¿Tanto te asombra?

—Sí.

—Yo sí que debería estar asombrado, cariño.

—¿Por qué?

—Porque estás conmigo.

—Tonto —se había inclinado para besarle de manera suave y rápida.

—Va, dime qué pensabas. Ponías una cara…

—Pensaba que te quiero.

—Y yo a ti.

—Joaquín… —pareció a punto de echarse a llorar.

—¿Estás bien?

—Soy feliz.

—No lo parece.

—Hay muchas formas de ser feliz.

—Has estado rara todo el rato. Incluso haciendo el amor…

—¿Qué?

—Era como si te desarbolara la pasión.

—¿Ha sido distinto de otras veces?

—No, tú estabas diferente. La manera de abrazarme, de besarme, de retenerme, como si temieras que fuera a escaparme o algo así. Y luego tus gritos…

—Creía que te gustaba oírme gritar.

—Y me encanta. Pero casi sentía cómo te rompías.

Eva le había abrazado.

Temblaba.

—¿Es por algo del trabajo? —preguntó él.

—No.

—¿Tienes problemas?

—No.

—Entonces…

—Me he enamorado de ti.

—Entonces perfecto, ¿no? —se sintió optimista.

—Eres la mejor persona que he conocido —apareció la humedad en sus ojos.

—Vale, vale —le acarició la cabeza.

—No lo entiendes, ¿verdad?

—¿Qué he de entender?

—No quiero que me odies —brotaron las lágrimas.

—¿Pero…? ¿Cómo voy a odiarte, cielo? ¿Qué dices? ¡Me has salvado la vida! ¡Creía que nunca podría volver a sentir algo como esto y, de pronto…!

Eva se quedó callada, quieta, casi encima de él, hasta que las lágrimas menguaron y relajó los músculos. Cuando se separó, se sentó en la cama, en cuclillas. Le pasó una mano por el sexo ya yermo. Otra por la mejilla.

Él esperaba.

«No quiero que me odies».

Tuvo un ramalazo de miedo.

Como si se hubiera abierto una puerta llena de secretos y misterios al otro lado.

—Joaquín.

—¿Sí, cariño?

—Florentino Villagrasa me pidió que te sedujera para lograr esa licitación de obras.

Se lo dijo así, a bocajarro, como un magma candente enterrado bajo tierra que por fin encontraba la boca de un volcán para liberarse.

—¿Cómo… dices?

—Escucha —le puso la mano en el pecho—. Puedes echarme a patadas, pero antes déjame que hable. ¿Lo harás?

Estaba pálido.

—Sí —dijo sin apenas voz.

—Y aunque me eches y me odies, eso no cambiará nada, porque lo que te he dicho es cierto: te quiero. Lo aceptaré y me iré, pero te quiero. Eres la mejor persona que jamás he conocido y me he enamorado de ti. Por esa razón no puedo mentirte más, ni tampoco mentirme a mí misma. No se puede construir nada auténtico sobre un engaño.

—Eva, por Dios, ¿qué está pasando? ¿De qué demonios me hablas? ¿Cómo que Villagrasa te pidió…?

—Sabía que te habías separado, que eras vulnerable, y me envió a ti para que… te sedujera, te enamoraras… —movió la cabeza de lado a lado, conteniendo las nuevas lágrimas—. Me prometió cien mil euros si conseguía que le dierais esas obras, y que el piso en el que vivo lo pondría a mi nombre.

—¿El piso…?

—Es de él.

—¿Cien mil euros? —lo repitió en voz alta.

—¿Sabes lo que es eso para mí, Joaquín? Representa la libertad, la independencia. Soy modelo, azafata, pero el trabajo no abunda. Villagrasa me usó como cebo, nada más. Si no consigue esa licitación, su empresa se irá al garete. Está arruinado. Lo que nunca pudo imaginar él, ni yo, es que pasara esto.

—Pero… ¿cuándo te enamoraste de mí?

—En los primeros días —bajó la cabeza—. Fue tan inesperado… Al comienzo no podía creerlo. Luego… no hacía más que pensar en ti, soñarte, anhelarte. El mundo entero desaparecía estando a tu lado. Al final tuve que aceptarlo, pero llevo ya demasiado luchando conmigo misma, entre mis sentimientos y mi egoísmo —se estremeció como si tuviera frío—. Eres diferente, Joaquín. Quizá no lo sepas, pero lo eres. Honrado, cariñoso, tierno… Llevo años sintiendo cómo los hombres me desean. Algo de lo que acabas cansándote, porque eso no es amor. No hay respeto. Para ellos soy solo una tía buena, un pedazo de carne con formas que los ponen a mil —tragó saliva con esfuerzo—. Tú has sido el primero que me ha hecho sentir mujer, que me ha respetado, que me ha dado lo único que nunca he tenido de verdad: amor.

¿Qué podía decirle?

Estaba aplastado.

Tratando de ordenar el nuevo puzle vertido sobre su cabeza.

—Cariño —había seguido ella, vomitando todo lo que guardaba en su interior—. Sé que aún amas a tu esposa. Lo sé, no hace falta que me lo digas o que lo niegues. No es fácil arrancar de tu mente a la persona con la que has construido una vida. Sé que a veces, incluso conmigo, te quedas ausente, inmerso en una depresión enorme que trato de borrarte amándote más y más. Pero si decides pasar página conmigo, después de lo que acabo de contarte, te juro que te haré feliz. Más de lo que nunca hayas podido imaginar.

Por fin, pudo decir algo.

—¿Y Villagrasa?

Eva se había encogido de hombros.

—Dale lo que quiere. ¿Qué más da? Me dijiste que su proyecto era bueno, que tenía muchas posibilidades. Pues bien, ya está. Ni siquiera se lo he dicho, por si acaso —su tono se hizo más vehemente—. Acabemos con esto. Yo tendré cien mil euros, mi propio piso para compartir contigo y que así dejes ese maldito apartamento en el que te consumes a diario. Después nos olvidaremos de todo. Seremos felices. Basta con aprobar esa licitación.

Bastaba con aprobar la licitación.

Tan sencillo.

Él.

Él y todo el grupo de independientes dispuestos a luchar contra la corrupción.

Así de fácil.

No había podido reaccionar.

Eva empezó a besarle, a tocarle, a ponerle de nuevo a mil, hasta acabar abierta de piernas encima para capturarle el sexo y absorberlo como una boca voraz.

¿Cómo pensar en algo estando dentro de ella?

57

LA POLICÍA

La espera empezaba a hacerse larga.

—¿Y si no aparece en todo el día? —preguntó Víctor.

Daniel no respondió.

De alguna forma sabía que estaban demasiado cerca y que el peaje hasta la verdad pasaba por una vigilia como aquella, por más que a la postre todo fuese un albur marcado por el instinto.

—Quizá tampoco pueda decirnos mucho más —lamentó el subinspector con fastidio.

Su superior le lanzó una mirada casi divertida.

Irónica.

—Cálmese.

—¡Usted disfruta con cada paso que da! —pareció extrañarse.

—Llámelo veteranía.

—Yo diría que es más que eso.

—No deja de ser un juego —reveló Daniel—. Y lo gana el que más paciencia tiene y el que mejor encaja las piezas, no el que más sabe. No olvide que el asesino está solo y protegido por una maraña de silencio y mentiras. Nosotros únicamente hemos de seguir el rastro que deja.

—¿Y si a fin de cuentas la mató un examante despechado, uno

de tantos Roberto Salazar a los que sedujo? Eva Romero tenía que ser una depredadora.

—Una depredadora que fue capaz de enamorarse y buscar la redención, o una salvación, lo cual la convierte en una buena heroína de novela.

—¿La cree capaz de enamorarse, en serio?

—Claro. ¿Por qué no?

—¿Y si seguía jugando sus cartas, asegurándose siempre tener dos opciones? Esa clase de mujeres...

—¿Qué clase, Navarro? ¿Es que por ser guapa y volver locos a los hombres con su morbo tenía que ser por fuerza una mala persona? La gente suele defenderse con las armas que le da su manera de ser, su personalidad... o la madre genética. Lo importante no es tener un don, sino cómo lo usas. Creo que Eva era una superviviente, lista y fuerte por un lado, pero también tierna y vulnerable por el otro.

—A usted le cae bien, ¿verdad?

—Hay algo trágico en ella, coronado por la manera en que murió —hizo un gesto amargo—. Sí, me cae bien. Por eso quiero pillar a su asesino cuanto antes, para que descanse en paz. E intuyo que si damos con el tal Joaquín, o es el asesino o tendremos la pista final de todo este embrollo.

A Víctor se le congeló en los labios lo que fuera a decir.

La radio los arrancó de sus pensamientos.

—Inspector Almirall —se puso él mismo.

—Inspector, los agentes que han ido al edificio de Eva Romero han dado con algo —reconoció la voz de la agente Elena Basora.

—Adelante.

—Un vecino del primer piso recuerda que la noche del lunes el Audi que a veces ocupaba la plaza de la mujer estaba allí, aparcado. Y que no estuvo mucho rato —la agente pareció examinar unas notas—. Dice que cuando él llegó, inmediatamente después entró en el *parking* el Audi negro. No vio al hombre porque tomó el ascensor. A los diez minutos bajó de nuevo al aparcamiento, porque se había dejado algo en el coche, y el Audi ya no estaba allí.

—¿Fueron diez minutos?

—Sí, inspector.

—Gracias, Basora.

Cortó la comunicación.

—Diez minutos —dijo Víctor—. Suficiente para subir, matarla y volver al coche.

—Hay muchas cosas que no me encajan —Daniel estaba serio.

—¿Cuáles?

—La primera, la hora. Demasiado temprano.

—Era medianoche.

—Sigue siendo temprano. ¿Un hombre sube a un piso, mata a su amante, e inmediatamente después la baja de nuevo al *parking* para llevársela? ¿Por qué no esperar a las dos o las tres de la madrugada, para estar más seguro?

—¿Pánico?

—No digo que no, pero sigue sin encajarme. Si la golpeó nada más entrar es que ya llevaba la idea de matarla, y siendo así, el pánico no resulta muy lógico. Lo segundo que no cuadra es que el hombre del Audi debía de tener llave. Habría entrado y la habría golpeado en el dormitorio o en la sala, no en el recibidor, salvo que ella estuviera allí casualmente. Y por último, queda lo más esencial: según la autopsia, entre los golpes y el ahogamiento pasó un buen rato.

—Entonces bajaron juntos al *parking*. Quizá él pensaba llevarla a un hospital. O le dijo que lo haría y de camino…

—¿Sabe lo que creo, Navarro?

—No.

—Que el que la golpeó no fue el mismo que la mató.

—Pero eso no tiene sentido.

—Al contrario. Lo tiene todo. Una persona se cuela en el edificio, sube al piso de Eva Romero, llama, ella abre y la golpea con saña. Luego, se va. Es un castigo. ¿Por qué? Ahora no importa. Cuando se recupera, Eva hace lo que haría cualquiera: telefonear a su amante para que vaya a ayudarla. Es el hombre del Audi, casi con toda seguridad, Joaquín X. Sube al piso, la atiende, bajan de nuevo al coche y…

—La mata.

Daniel no dijo nada.

Sobre todo porque, en ese momento, vieron a Manuel Salazar caminar en dirección a su casa.

Salieron del coche a la carrera y le detuvieron a pocos metros del portal. Al verlos, el chico casi aplastó la espalda contra la pared, pálido y desencajado. Sus ojos fueron de uno a otro, hasta detenerse en Daniel, que se le puso delante.

—¿Qué quieren ahora? —balbució asustado.

—¿De dónde vienes?

—¡Y a ustedes qué les importa!

—Manuel… —le previno Daniel.

—¡He ido a ver a mi hermano!

—¿Por qué?

—¡Porque es mi hermano, coño!

A Daniel le bastó levantar la mano para que Manuel Salazar se encogiera.

—¿Sabes el lío en el que puedes meterte si nos mientes?

—¡Yo qué voy a mentir! ¡Qué gano con eso! ¡Les dije la verdad! ¡Bastante marrón tenemos con el desahucio y toda esa mierda! ¡Eso sí es un lío!

—Vamos a hacerte unas preguntas muy concretas, y quiero que las respondas. Todo depende de eso.

—¡Le dije que no sé nada! —pareció a punto de llorar.

—Sí sabes —Daniel hundió en él unos ojos de acero.

—¡El que mató a Eva estaba enfermo, seguro!

—Tú la seguías a veces.

—¿Qué?

—Sabemos que lo hacías.

—¡No es verdad!

—Esto sí lo es.

—¿Quién se lo ha dicho?

—¿La viste con alguien últimamente? —no respondió a la pregunta.

—¡No...!

—¡Contesta o te llevamos a comisaría! ¿Quieres ese nuevo disgusto para tu madre?

Se amilanó más y más.

Sin fuerzas.

—La vi con varios... —se vino abajo.

—¿Y estabas celoso?

—¡Lo hacía por mi hermano, para protegerla!

—No, lo hacías por ti, porque estabas obsesionado con ella.

—¡No!

—Vamos, Manuel, ¿qué más da? Todos hemos tenido tu edad. Todos nos hemos enamorado de una vecina joven y guapa, recién casada y por lo tanto imposible, o de la madre de nuestro mejor amigo, o de la novia del hermano. No pasa nada. Pero nosotros buscamos al que la mató, y si la querías, debes ayudarnos a encontrarle. Esa será tu venganza. Dinos con quién la viste últimamente.

Manuel Salazar dejó caer la cabeza sobre el pecho.

—Solo la vi un día, hace un par de semanas.

—¿La seguiste?

—Sí.

—¿Quién era?

—No lo sé, un tipo normal, cuarenta y pico de años, informal pero supongo que atractivo para ella. Estaban muy acaramelados.

—¿Iba en coche?

—Sí, un Audi de hace cinco o seis años.

—¿Y adónde la seguiste?

—No fueron a casa de Eva, que es una pasada, sino a la de él.

Una cutrada, en Hospitalet. La calle era la de Montseny. No recuerdo el número, pero hacía esquina con Martí Julià. Hay un banco. Subieron y ya no bajaron.

—¿De verdad no quisiste saber quién era ese hombre?

Manuel Salazar se encogió de hombros.

—No, ¿para qué? Creo que en ese momento me di cuenta de que perdía el tiempo y decidí pasar de una vez.

—¿No has pensado que pudo asesinarla él?

Los ojos le traicionaron. De pronto, todo se hacía claro. Los empequeñeció y fue como si una nueva luz se iluminara en su interior. Daniel supo captarla.

—Pensabas que había sido Roberto, ¿verdad?

Silencio.

—Por eso has ido a verle hoy.

Apoyó la cabeza contra la pared.

La derrota final.

—Manuel, si hemos de volver una tercera vez, será peor. ¿Algo más?

Sin dejar de apoyarla, la movió de lado a lado.

58

LA POLICÍA

La casa en la que Manuel Salazar había visto a Eva con el hombre del Audi no daba la impresión de ser una casa normal, de pisos en alquiler o compra. Un rótulo decía que se ofrecían estudios y apartamentos pequeños, una o dos habitaciones, de treinta metros cuadrados o menos, para estudiantes o profesionales.

Que un hombre con un Audi viviera allí era extraño.

No había portera, pero tampoco tardaron mucho en cruzar la puerta de entrada. Llamaron a un par de pisos y les bastó con preguntar por «Joaquín». La persona que les abrió no hizo preguntas. También habrían podido decir «correo comercial» o «cartero». Solía funcionar.

Los buzones llenaban las dos paredes del vestíbulo. Se entretuvieron en inspeccionarlos todos. Encontraron dos concordancias. un Joaquín Auladell y un Joaquín Pedrosa. El primero vivía en el segundo piso. El otro en el sexto.

Subieron al segundo piso.

Después de tres llamadas comprendieron que no había nadie en el interior.

Esta vez tomaron el ascensor hasta el sexto.

La música que les llegó desde el otro lado de la puerta era vibrante y popera. Una diva del *rock*, quizá Madonna, quizá Beyoncé, quizá Kate Perry, cantaba sobre una marea de bajos y percusiones muy rítmicas. Cuando llamaron al timbre, la música cesó de golpe.

La chica que les abrió tendría unos veinte años. Lucía una camiseta holgada y *shorts* minúsculos. Iba sin sujetador, así que su pecho, abundante, amenazaba con salirse por los lados. Como además estaba recortada por abajo, se le veía la parte inferior de los senos y un hermoso ombligo en forma de nudo. Las piernas eran bonitas. Los pies no. Llevaba unas rastas que le colgaban por la espalda.

Un fuerte olor a porro les golpeó la nariz.

—No quiero nada —dijo ella dispuesta a cerrarles la puerta en la cara.

Víctor puso el pie.

—Policía —la informó Daniel.

Se asustó mucho.

Demasiado.

—¿Está Joaquín?

—Está… en la facultad. ¿Por qué?

—¿Eres su novia?

—Sí —el susto iba a más—. ¿Qué ha hecho?

Daniel y Víctor intercambiaron una mirada de derrota.

—¿Qué edad tiene tu novio?

—Veinte, como yo —musitó pálida.

—¿Tiene un Audi?

—¿Joaquín? —empezó a darse cuenta de que algo no encajaba—. No tenemos coche. Él va en moto.

—¿Conoces a una tal Eva Romero?

—No.

Tiempo perdido.

No era Joaquín Pedrosa.

—En el edificio hay otro Joaquín. ¿Le conoces?

—No —se relajó—. Aquí entra y sale gente continuamente. Es imposible conocer a los demás.

—Cuarenta y pico, atractivo…

—Ni idea.

—¿Alguien podría conocer a ese otro Joaquín?

—No, lo siento. Solo llevamos aquí tres meses. Ni siquiera sabemos quién vive al lado, así que menos en otros pisos.

—De acuerdo —Daniel dio un paso atrás—. Gracias y perdona.

—Menudo susto me han dado —se lo recriminó.

—Otro día te preguntaremos directamente por la maría.

Esta vez logró ponerla roja como un tomate.

Bajaron a pie hasta el segundo piso. Había una puerta a cada lado de la de Joaquín Auladell. Llamaron a la de la derecha y el resultado fue el mismo: nadie. Con la de la izquierda tuvieron más suerte. Les abrió un *hipster* total, barba de un palmo, gafas de concha negra. Llevaba pantalones con tirantes y nada más. Por detrás de él alcanzaron a ver tres ordenadores con las pantallas iluminadas.

—¿Sí?

Miró las credenciales con absoluta tranquilidad.

—Buscamos a su vecino, el señor Auladell.

—Estará en el trabajo. A esta hora…

—¿Le conoce?

—Bueno, no mucho. Llegó hace unos meses, cinco o seis a lo sumo, recién separado de su mujer y algo perdido. Me preguntó un par de cosas, charlamos un poco y eso fue todo. Luego nos hemos ido cruzando alguna vez.

—¿Tiene cuarenta y pico, es atractivo, conduce un coche modelo Audi de hace unos años…?

—Sí, sí —se cruzó de brazos interesado—. ¿Por qué le buscan? Parece un tipo estupendo.

—Queremos hacerle unas preguntas, nada más. ¿Le ha visto alguna vez con una mujer joven y muy guapa?

—Pues sí —levantó las cejas—. ¡Y qué mujer! Fue hace unas dos o tres semanas. Pensé que si los separados se lo montaban tan rápido con bellezas así… Bueno, también pensé que a lo mejor dejó a la suya por ella. No me extrañaría. Era increíble.

—¿Sabe dónde trabaja el señor Auladell?

La respuesta final.

El último encaje.

—Sí, en el ayuntamiento de Hospitalet. Los independientes han ganado las elecciones no hace mucho y él es el concejal de Urbanismo.

59

LA POLICÍA

No los recibió en su despacho, sino en una pequeña salita para reuniones en la que había una mesa alargada y media docena de sillas. Un ventanal daba a un patio interior. En las otras dos paredes, además de la que ocupaba la puerta por la que acababan de entrar, vieron un mapa del término municipal de Hospitalet y un caballete con grandes hojas de papel en blanco y algunos rotuladores. No se sentaron. Aguardaron de pie hasta que Joaquín Auladell apareció ante ellos.

Sí, se parecía a Tom Cruise.

Finalmente, el hombre sobre el cual daba la impresión de girar todo y del que Eva Romero se había enamorado, cambiando las reglas del juego impuestas por Florentino Villagrasa.

Sabía que eran policías. Ya le habían enseñado las credenciales a la secretaria para que los anunciara. Les estrechó la mano, les sonrió con una mueca de cansancio y les mostró dos de las sillas.

Él mismo se dejó caer en otra, como si las piernas no le sostuvieran.

—Supongo que tenía que haberlos llamado yo antes, pero es que me he enterado hace un rato y... —vaciló el concejal de Urbanismo.

—¿Se ha enterado hace un rato, señor Auladell? —preguntó dudoso Daniel.

—Sí. No tenía ni idea de que la mujer muerta en el Llobregat era Eva. Santo Dios…

—¿Quién se lo ha dicho?

Fue sincero.

—Florentino Villagrasa, el dueño de Construcciones Villagrasa. Y…, bueno, sigo consternado, ¿saben? Ni siquiera consigo… —se pasó una mano por los ojos—. Si están aquí es porque saben toda la historia.

—Señor Auladell, ¿por qué no nos la cuenta usted?

—Yo no la maté —abrió las manos para dejarlo claro.

—Pero estuvo con Eva Romero aquella noche. Vieron su Audi en la plaza de garaje y apenas si permaneció allí diez minutos. Posiblemente menos.

—Claro que estuve allí. Cuando ella me llamó llorando fui de inmediato. Pero ni siquiera sé qué diablos pudo suceder, ¿comprenden? Yo… —buscó un poco de serenidad y la encontró dando un salto hacia atrás, aterrizando en el pasado, como si sintiera la necesidad de ordenar su propia historia—. Miren, cuando conocí a Eva yo estaba muy mal, recién separado y hecho una mierda. A mi esposa se le cruzaron los cables, me dijo que se aburría, que necesitaba nuevos alicientes, un espacio propio, y puede decirse que me echó de mi propia casa. Acabé en un estudio mientras intentaba… No sé lo que intentaba. Era de locos. Mi única alegría fue que ganamos las elecciones y nos propusimos regenerar nuestra ciudad desde la base. Eso suponía un enorme trabajo, como pueden imaginar. Entonces apareció Eva —pronunciar su nombre y recordarla le hizo esbozar una leve sonrisa—. Fue una bocanada de aire fresco. No solo irradiaba vida: la daba. Me trajo unos papeles, charlamos un rato, y como era la hora de comer la invité a tomar algo. Quedamos para el viernes y el resto…

—Eva le dijo que era un cebo de Villagrasa —Daniel quiso acelerar lo que fuera a decirle.

—¿Saben también eso?

—Sí.

—Es que para entonces ya estábamos enamorados, y si me lo contó fue para no sentirse culpable. Nada puede funcionar sobre la base de un engaño. Yo le pedí que viviera conmigo, que iba en serio con ella, que me había salvado la vida. ¿Me aceleré? Supongo. ¿Todo fue muy rápido? Sí. En el fondo aún quería y quiero a mi esposa. Es inevitable. Deseaba olvidar cuanto antes, y la puerta que me abría Eva era... increíble. Me lie la manta a la cabeza, fui temerario. Sea como sea, Eva lo aceptó. Ya me había contado algunas cosas de su vida pasada, lo de la madre, el padre... Una historia muy dura. Ella también necesitaba estabilidad, paz. De pronto éramos dos mitades perdidas formando un todo. Me pidió perdón y supe que Villagrasa le iba a dar cien mil euros y el piso en el que vivía si conseguía que la licitación de unas obras fuera para él.

—¿La creyó?

—Claro que la creí, y hasta entendí por qué se había acercado a mí al principio. Sin embargo... ya todo me daba igual. ¿Cuántas veces ha sucedido a lo largo de la historia? El cebo que se enamora de la presa. Me sentí triste, me enfadé..., pero era difícil apartarla de mi vida. Por no decir imposible. Era la persona más irresistible y convincente que puedan imaginar. Lloró en mis brazos y lo único que sé es que la abracé y cerré los ojos. La habría perdonado mil veces.

—¿Aceptó su plan, darle la licitación a Villagrasa?

—Es curioso —hizo un gesto de ironía—. La oferta de Construcciones Villagrasa es la mejor. Posiblemente habría ganado igual. No tenía por qué jugar sucio. Lo que no entiende ese hombre es que yo no decido las cosas. Habrá un pleno el lunes, se estudiarán las ofertas, daré mi opinión, pero la decisión final es de la alcaldía, de todos. Por esa razón nos presentamos. La transparencia es la clave. Ahora, con todo esto... Ni siquiera sé qué va a pasar, si descalificaremos a Villagrasa o seguiremos adelante con ello porque es el mejor proyecto.

—Pero Eva quería quedarse con los cien mil euros y el piso.

—Sí. Me dijo que lo necesitábamos para empezar una nueva vida y que no había nada de malo en ello —suspiró—. Ni el amor podía apartar de su cabeza que no se es feliz siendo pobre. Era tal la ansiedad por tener cosas, vivir bien… Cualquier hombre la habría puesto en un pedestal y le habría dado lo que ella le pidiese.

—De acuerdo —convino Daniel—. Ahora háblenos de esa noche.

Joaquín Auladell se tomó unos segundos. Volvía a la realidad, a la muerte de Eva y su implicación final en la historia.

—Estaba en mi apartamento, trabajando a tope. No íbamos a vernos hasta el día siguiente. Entonces me llamó y me dijo que un hombre la había agredido en su casa. Lloraba, apenas si podía respirar, daba muestras de estar histérica. Le pedí que se calmara y fui volando. Llegué más o menos a las once y media, puede que un poco más. Subí al piso y me la encontré sentada en el recibidor, conmocionada, con la mirada perdida y en un estado… Dios, era… terrible. Tenía un ojo cerrado, la nariz rota, el labio partido, los pómulos tumefactos… Una salvajada.

—¿Le habló de quién pudo hacérselo?

—Lo único que recordaba antes del primer golpe es que era un hombre alto, oscuro, una especie de matón.

—Siga.

—Le dije que iba a llamar a la policía y reaccionó. Me pidió… me suplicó que no lo hiciera. Yo insistí, pero Eva lo hizo más. Me recordó nuestra situación, me dijo que si alguien sabía que yo estaba saliendo con ella, antes del fallo de la licitación, habría sospechas, preguntas incómodas. Comprendí que tenía razón y ese fue el miedo que luego me hizo actuar como actué. El miedo con el que… supe que la había perdido.

—¿Adónde la llevó? —inquirió Daniel obviando este último comentario.

—Eva ni siquiera quería ir a un hospital. Tuve que ponerle un espejo delante para que entendiera la gravedad de su estado. Se asustó tanto… Volvió la histeria, el pánico. No paraba de decir que jamás volvería a ser guapa. Yo le insistía en que sí, que se lo arreglarían todo, pero que teníamos que darnos prisa. Al final aceptó que nos fuéramos. Bajamos al *parking*, subimos a mi coche, y justo al salir a la calle me preguntó adónde la llevaba. Le contesté que al hospital más cercano. El Clínico, por ejemplo, aunque en ese momento ni siquiera sabía si era el más próximo. Y me pidió que no, que la llevara a Bellvitge.

Daniel y Víctor enderezaron la espalda.

—¿Por qué? —quiso saber el primero.

—¡No lo sé! ¡Comentó algo de un médico que conocía o la conocía…! ¡Era de locos, ella histérica y yo muy nervioso! —pareció quebrarse Joaquín Auladell—. ¡No tenía sentido, estaba lejos, ya era tarde y aunque la hemorragia había cesado todavía le salía sangre por las heridas! ¡Yo… estuve a punto de no hacerle caso, pero al ver que no tomaba la dirección adecuada se puso a gritarme y a pedirme que fuéramos a Bellvitge! Yo creo que… en esos momentos ya no era ella. Estaba como ida.

—La llevó, claro.

El concejal de urbanismo se pasó una mano por el rostro. La dejó en la frente. Luego apoyó el codo en la mesa y se quedó así, como si la cabeza le pesara una tonelada.

—Jamás olvidaré ese trayecto, ni lo que hice… porque, desde luego, si está muerta es por mi culpa…

Joaquín Auladell era un hombre destrozado.

Aun así, evitó llorar.

—¿Qué hizo? —insistió Daniel.

—Mientras íbamos al hospital empecé a pensar. Y cuanto más pensaba, más me asustaba. Eva tenía razón. Habría preguntas. Un hombre lleva a una mujer maltratada al hospital casi a medianoche. De entrada, yo habría parecido sospechoso cuando no directamente culpable. Por mucho que, en efecto, ahí hubiera un médico amigo de Eva, seguro que habrían llamado a la policía. Y, de nuevo, lo mismo: Joaquín Auladell, concejal de urbanismo del ayuntamiento de Hospitalet, envuelto en un incidente con una empleada de Construcciones Villagrasa, empresa que se postulaba para la mayor obra pública de la ciudad en los últimos años. ¿Podía despedirme de mi carrera, mi trabajo...? Sí. Llegué a la conclusión de que sí. Y esto fue lo que me atenazó cuando llegamos.

—No entró con ella —dijo Daniel.

—No.

—¿Dónde la dejó?

—A cincuenta metros de la puerta.

—¿Se tenía en pie?

—Sí, eso sí. Estaba atontada, pero podía valerse por sí misma.

—Eva nunca llegó a cruzar esa puerta.

—Acabo de telefonear y me lo han confirmado. Ninguna paciente con ese nombre ingresó en Bellvitge esa noche.

—¿Fue lo último que supo de ella?

—Al día siguiente todavía estaba muerto de miedo, hecho polvo. Primero, por lo sucedido. Luego, porque imaginé que mi cobardía la llevaría a despreciarme. La dejé sola y... le fallé. Ni siquiera consigo entender cómo... —abrió y cerró las manos desesperado—. Lo malo es que seguí portándome como un idiota. Llevé a limpiar el coche, esperé a que me llamara, y al no hacerlo la telefoneé yo. Nada. Ni ese día, ni al siguiente... No me atrevía a ir a su casa. No sabía qué hacer. Llegué a llamar a mi esposa para pedirle... ¡Oh, Dios! —esta vez sí rompió a llorar—. ¡Estaría viva si yo no la hubiese dejado sola! ¡Pero no sé adónde fue, ni qué pasó, ni quién...!

Daniel fue el primero en ponerse en pie.

—Nosotros sí lo sabemos, señor Auladell —le dijo enfilando la puerta para salir de allí lo antes posible.

60

LA POLICÍA

La sirena rompía el aire con estridencia y, esta vez, Víctor Nava-rro conducía como si fuera el mejor Fernando Alonso de todos los tiempos.

El tráfico se abría a su paso.

Los rostros anónimos se volvían hacia ellos.

—Hijo de puta... —dijo una sola vez.

—Lo teníamos —suspiró Daniel.

—Su propio padre...

—¡Cuidado!

Sorteó al anciano que, quizá sordo quizá rebelde, se había lanza-do a cruzar el paso de cebra a la brava. De no ser porque iban rápido, el hombre les habría alcanzado con el bastón.

Por el espejo retrovisor le vieron agitar el puño.

Siguieron rodando un par de minutos más, ya en la Gran Vía, saliendo de Barcelona en dirección a Castelldefels.

—¿Cree que exista ese médico? —preguntó Víctor.

—Sí, es posible —repuso su superior—. Vivió cerca de ese hos-pital durante años. Imagino que acudiría a él, y más si era por un golpe o una paliza de su padre. Si le tenía confianza...

—¿Pero por qué no llegó a entrar?

La pregunta del millón.

—¿Cómo saber lo que pasó por la cabeza de Eva en ese momento, Navarro? —reflexionó—. Aturdida, mareada, conmocionada, sola… Incluso abandonada a su suerte *in extremis* y de manera cobarde por el hombre que la ama y del que ella se ha enamorado inesperadamente. ¿Se imagina todo eso de golpe? Se encuentra frente a la entrada de emergencias y de pronto comprende que, dada la hora, su amigo ya no estará allí. ¿Qué hace? Como una zombi se dirige al único lugar posible: su casa. O quizá ni siquiera se planteara entrar una vez la dejó Auladell. Eso ya nunca lo sabremos. Echa a andar, deja atrás el hospital y sigue, sigue, sigue caminando. Era de noche y nadie debió verla, y si alguien lo hizo, ni se acercaron. ¿Para qué, para meterse en problemas? Hasta las personas más buenas optan hoy en día por no dar la cara ni querer ser testigos de nada. Es uno de los signos de este tiempo.

—¿Y la paliza?

—Apostaría por Roberto Salazar.

—Entonces… la mataron entre todos, ¿no le parece? —se aferró al volante Víctor—. Villagrasa la empujó, Salazar le hizo una cara nueva, Auladell no se portó como un hombre y su padre…

—Quite la sirena —le pidió Daniel.

La torre del hospital de Bellvitge ya era visible. La zona de casas baratas y viejas quedaba detrás.

Los últimos cinco minutos.

Daniel conectó con la central. En su puesto seguía Elena Basora.

—Inspector Almirall —dijo—. Es sobre el caso de Eva Romero. ¿Qué tenemos de su padre, Germán Romero?

Sin la sirena, Víctor empezó a reducir la velocidad. Dejó de ir a ciento sesenta kilómetros por hora para pasar gradualmente a ciento cuarenta, ciento veinte…

—¿Inspector?

—Sí, Basora.

—No hay mucho. Edad, viudo, esposa suicidada en un psiquiátrico, su hija… Trabajó en la Zona Franca antes de…

—Gracias, Basora. Es todo —la detuvo.

La Zona Franca estaba al lado del puente del Prat, un lugar muy apartado y que pocos debían conocer.

Solo los que transitaban por él de vez en cuando.

61

EL PRESO

Roberto Salazar no se dio cuenta de nada.

Ni siquiera los vio llegar.

De pronto, la mano en el hombro.

No, no era una mano. Era una zarpa.

De hierro.

Volvió la cabeza y vio a la primera torre con forma de hombre.

A su lado, la segunda.

Los conocía de vista, de lejos. Eran de los que se pasaban el día en las pesas, hablaban poco, intimidaban mucho. Mejor estar siempre lejos de ellos.

Pero ahora estaban allí.

Dejó de ver el cielo para encontrarse con sus calvas, los ojos fríos, sus cuellos de toro, las bocas torcidas.

—Hijo de puta —le escupió uno sin apenas énfasis.

—No se pega a las mujeres, cabrón —masculló el otro.

—Y menos a distancia, pagando para que lo haga un sicario, cobarde de mierda.

—¿No tenías huevos para hacerlo tú mismo?

Intentó levantar una mano.

—Esperad…

No hubo espera.

Todo el miedo de Roberto Salazar se convirtió en dolor cuando el primero de los hombres le rompió el brazo por el codo.

Un seco chasquido.

No pudo gritar, porque el segundo le tapó la boca con su manaza.

Los ojos se le salieron de las órbitas.

El chasquido del otro brazo no fue menos sonoro.

Como un glaciar quebrándose al llegar al mar.

Podían haberle dejado inconsciente de buenas a primeras. Pero querían que sufriese, que notase todo lo que le estaba pasando.

Siguió la rodilla derecha.

Luego la izquierda.

Ya no era más que un muñeco articulado. Quedaba rematarlo.

Al tercer puñetazo, con los ojos ciegos y la nariz rota, Roberto Salazar sí perdió el conocimiento.

62

EL HERMANO DEL PRESO

Manuel Salazar estudiaba la pequeña sucursal bancaria desde el otro lado de la calle.

A su lado, Ginés, el Trampas, lo que hacía era mirar el plano que él mismo había dibujado horas antes. Un sucinto esquema de la planta en la que apenas si había dos mesas, dos mostradores y un baño además de la caja.

Tampoco era muy exacto porque lo había hecho de memoria, tras entrar y salir del local.

—¿Estás decidido? —se lo guardó en el bolsillo después de doblarlo.

—¿Tú no?

—Si dices que será entrar y salir…

—Pues claro. No vamos a liarnos. Pillamos lo que haya y salimos por piernas. Nada más.

—Sí —estuvo de acuerdo Ginés—. Mejor un poco y no arriesgarse. Los que roban bancos se lían porque van a por la caja y esos trastos tienen todos esos sistemas de seguridad y alarmas…

—Si sale bien y no conseguimos mucho, lo repetimos otro día.

—Espera, espera, ¿cómo que si sale bien?

—Tranquilo.

—Joder, Manu, es que lo has dicho de una forma…

—Si te pones nervioso, la cagaremos.

—¡Que yo no estoy nervioso! ¡Que tengo mucho morro, tío!

—¿La pistola de juguete dará el pego?

—Fijo. Como que se la enseñé a mi vieja y casi se muere del susto. Se pensó que era de verdad. Está de puta madre. ¿Tú te has hecho con los pasamontañas?

—Sí, los tengo.

Los dos volvieron a mirar la sucursal bancaria.

Transcurrieron unos segundos.

—¡Qué fuerte!, ¿no? —exclamó Ginés.

—No sabes las ganas que tengo de trincar esa pasta —dijo Manuel.

—¡Coño, y yo!

—¿Tú para qué la quieres?

—¡Vaya pregunta! ¿Serás gilipollas? ¡Pues para comprar buena maría y hacerle un regalo a mi Cuca! Y para mí algo de ropa, ¡joder! Lo tuyo es para lo de la hipoteca, ¿no?

—¿Por qué te crees que quiero robar esa sucursal?

—¡Eso, que la paguen ellos! —Ginés soltó una carcajada.

—También necesito pasta para un encargo que he hecho. Si no pago...

—¿Un encargo?

—Nada, cosas mías —le quitó importancia Manuel.

—Estás tú muy misterioso —se burló su compañero—. ¿Qué pasa si no pagas?

—Me romperán los brazos y las piernas —dijo tranquilamente.

A Ginés se le salieron los ojos.

—¡Coño, tío, no jodas! ¿Hablas en serio?

Manuel Salazar no le respondió.

Si no fuera por su madre, estaría ya muy lejos.

Pero no podía dejarla sola.

El dinero lo solucionaría todo.

Todo.

Y siempre había una primera vez, ¿no?

63

EL CONSTRUCTOR

Carlos Segarra, el director comercial, era un tipo menudo, calvo, encorvado, siempre con las gafas en la punta de la nariz y mirando por encima de ellas. Apenas si abultaba. Lo compensaba teniendo un cerebro privilegiado para los números y los cálculos. No necesitaba artefactos. Al arrancar ya en serio la era de los ordenadores a comienzos de los años noventa, le había costado mucho dejar la máquina de escribir. Finalmente, se adaptó a los nuevos tiempos. A pesar de ser un incordio, un flagelo constante, Florentino Villagrasa le quería. De toda la gente de la empresa, era el único que había estado con él desde el comienzo.

Tampoco se andaba por las ramas.

—Señor Villagrasa…

—Ahora no, Segarra.

—¿Pues cuándo?

—Ahora no.

—Es que hay que pagar unas cuentas. Necesito…

El constructor le miró con irritación.

¿Cuentas?

¿Necesitar?

—Segarra, que se esperen. El lunes sabremos si salimos de este marrón o no.

—Ya.

—Pues eso.

—El presupuesto era bueno. Tienen que dárnoslo —asintió lleno de fe—. Hemos salido de otras crisis.

Lo había preparado él mismo. Con supervisión de su jefe, pero atendiendo a sus cálculos. Para eso era el mejor y lo sabía.

—No como esta —lamentó Florentino Villagrasa.

—Entonces, ¿qué hago?

—Ya sabe lo que hay que hacer, hombre. Darles largas. Será que no se ha inventado excusas antes.

Carlos Segarra estaba a punto de jubilarse. Tenía su orgullo. Quería hacerlo con todos los honores. Se había casado dos veces, una con su mujer y otra con la empresa. La llevaba dentro.

—De acuerdo —dijo a media voz.

Lo dejó solo.

Solo con sus fantasmas.

No sabía quién había matado a Eva, pero el que lo hubiera hecho, de paso, le estaba asesinando a él.

Salvo que su propuesta para la licitación fuera la mejor igualmente.

Entonces…

Florentino Villagrasa se llevó una mano al pecho, a la altura del corazón, y se preguntó si podría aguantar hasta el lunes.

64

EL POLÍTICO

Joaquín Auladell tocó con los nudillos la puerta de José Miguel Parcerisas. Al otro lado, el alcalde de Hospitalet de Llobregat le dio la orden para que la cruzara.

—¡Adelante!

Se coló en el despacho.

—¿Tienes un minuto…? —empezó a decir.

El alcalde levantó la cabeza y dejó de escribir a mano. Nada más verle, le cambió la cara.

—¿Qué te pasa? —se alarmó.

Joaquín Auladell ni se había mirado en el espejo.

De pronto comprendió que debía de tener los ojos rojos, el semblante pálido y el rostro demacrado.

Se sintió bloqueado.

—Yo…

—Siéntate, siéntate —José Miguel Parcerisas se levantó de su silla, rodeó la mesa y fue hacia él—. ¿Te encuentras bien?

Era joven. Ni siquiera había cumplido los cuarenta. Y tenía carisma. Le adoraban las mujeres y le respetaban los hombres. En el nuevo equipo de la alcaldía había paridad, exactamente el mismo número de ambos sexos. La media de edad no superaba los cuarenta y tres años. Un impulso dinamizador para afrontar los retos del futuro y crear las bases de la ciudad para las próximas dos o tres generaciones.

Un sueño.

A veces parecía que luchasen solos.

—Va, dime qué sucede —el alcalde se apoyó en la mesa y se cruzó de brazos.

Sereno.

—Villagrasa intentó comprarme.

Tres palabras.

Un mundo.

Una amenaza.

José Miguel Parcerisas abrió los ojos.

—¿En serio?

—Sí.

—¿Te ofreció dinero?

—No. Sabía que no lo habría aceptado. Fue más sutil que eso: me mandó a una mujer.

Los ojos del alcalde se abrieron aún más.

Llegaron al límite de la sorpresa.

—¿Y?

—Salí con ella, me enamoré… Y ella se enamoró de mí y me lo contó.

—Joder, Joaquín… ¿En serio? Esto parece una mala película de espías.

Joaquín Auladell se enfrentó a su mirada.

Un último esfuerzo.

—Esa mujer fue la que apareció muerta en el río hace unos días.

—¡Ay, la hostia! —tuvo que apoyarse más, con las dos manos, para no resbalar hacia el suelo—. ¿Se sabe ya quién la mató?

—La policía está en ello. Creo que sí. El caso es…

—Tranquilo.

—No, no lo estoy. Puedo dimitir si quieres.

—¿Por qué? No has hecho nada malo hasta ahora.

—¿Y qué pasa con Villagrasa? Su oferta de licitación es la mejor. Si se la damos…

—Visto lo sucedido, no se la daremos, claro.

—¿Y pagaremos más por otra?

—Les pediremos a los de ADC que la ajusten. Usaremos la de Villagrasa y lo harán, seguro.

—Eso hundirá a Construcciones Villagrasa —suspiró.

—Es su problema. Si hubieran jugado limpio, habrían ganado. Ahora no podemos ni acercarnos a ellos sin contaminarnos. Si algo de esto sale a la luz…

—No saldrá —dijo Joaquín Auladell.

—Y aunque salga —consideró el alcalde—. No hiciste nada. Te enamoraste de una mujer que trabajaba allí, murió, y nosotros le hemos dado el proyecto a ADC. Estamos limpios.

—Gracias.

José Miguel Parcerisas le puso la mano en el hombro.

Se lo presionó.

—No, gracias a ti por contármelo —fue sincero—. Ahora vete a casa y descansa. No vuelvas hasta el lunes. Tendremos el pleno, presentarás tus informes, dirás que el de Villagrasa tiene trampa y que no son de fiar, y fallaremos en favor de ADC.

Soluciones sencillas para problemas complejos.

Una empresa se iba al lado oscuro, desaparecía.

Otra se frotaría las manos.

Lo único que a ellos les importaba era el bien de la ciudad.

—Casi te fallo, José Miguel —manifestó al levantarse.

—¿Habrías votado por Villagrasa si esa mujer siguiera viva?

Era la gran pregunta.

Jamás lo sabría.

Ya no.

65

EL PADRE

Germán Romero llevaba un par de minutos con el bolígrafo en la mano.

La hoja de papel sobre la mesa.

Y él, con la mirada extraviada, perdida muy en el interior de sí mismo.

Inmóvil.

¿A quién le iba a escribir?

Ya no tenía a nadie.

Era absurdo dejar una nota.

Pero era lo que solía hacerse, ¿no?

Iba a cometer un pecado, pero al menos…

Apoyó la punta del bolígrafo en la parte superior de la hoja de papel. Su mente le dio la orden a la mano, pero la mano no la obedeció. Las palabras chocaron atropelladas en su cabeza.

«¿A quien pueda interesar?».

No le interesaría a nadie.

«¿Señor juez?».

¿Qué le importaría a un juez lo que él dijese en el instante de su muerte?

Estaba solo.

Solo.

Dejó el bolígrafo sobre la mesa y levantó la cabeza.

Luego alargó la mano, cogió la botella de coñac, le sacó el tapón y, a gollete, se bebió casi la mitad de un largo trago.

El alcohol le quemó la garganta.

Ni siquiera era un coñac bueno.

Era barato.

Peleón.

Acorde con su triste despedida.

Continuó sentado otro par de minutos. Después se levantó y caminó hasta las fotografías que seguían caídas en el suelo, en medio de un mar de cristales rotos. Con mano temblorosa recogió una.

Allí estaba Eva.

Su Eva.

No sentía dolor, pero sí pena.

Mucha pena.

Regresó con la fotografía a la mesa, la dejó en ella, estrujó la hoja de papel y la arrojó a un lado. Su antepenúltimo acto fue acabarse la botella de coñac y estrellarla contra la pared.

El penúltimo subirse a la mesa, quitarse el cinturón, hacer un lazo con él y pasarlo por la viga del techo.

Desde allá arriba, miró su casa.

Las fotografías caídas.

El retrato de Eva.

—Ya está —le dijo.

El último acto fue mover la mesa para que cayera y le permitiera colgar libremente mientras la vida se le escapaba segundo a segundo, nublándole la mente de rojo.

Se dio cuenta de que no había rezado ni le había pedido perdón a Dios justo antes de exhalar el último estertor.

66

LA POLICÍA

Daniel Almirall y Víctor Navarro detuvieron el coche justo detrás del de Germán Romero.

—Le tenemos —fue lo único que dijo el subinspector.

Daniel tomó la iniciativa. Cruzó primero la entrada y se detuvo en la puerta de la casa. Ni siquiera se dio cuenta de que, detrás de él, Víctor sacaba la pistola.

Llamó con los nudillos.

Silencio al otro lado.

—¡Señor Romero, abra! ¡Es la policía!

El mismo resultado.

—Si intuye que le hemos pillado igual se escapa —vaciló Víctor.

Daniel puso la mano en el tirador de la puerta.

Le dio la vuelta.

Y la puerta se abrió.

—¿Pero qué…?

—¿Está abierta? —se extrañó Víctor.

Daniel empujó la castigada madera.

Ya estaba muerto, pero el cuerpo de Germán Romero todavía se movía un poco, oscilando apenas unos centímetros de lado a lado, como si la lucha final hubiera sido muy dura o una leve corriente de aire lo envolviera antes de dejarlo quieto para siempre.

EPÍLOGO

EN PASADO

EVA

Iba a entrar en el hospital.

Iba a hacerlo.

Pero de pronto se vio a sí misma caminando más allá de él.

Como una autómata.

Tan extraño...

—Joaquín...

No, Joaquín la había dejado sola.

Por miedo.

Sí, todo era tan extraño...

No había nadie.

La rodeaba un mundo vacío.

Los golpes ya ni le dolían. O sí, y de tanto sentirlos, se había inmunizado. Lo peor era tener la nariz rota. Los olores eran más fuertes. Debía de tener la maldita pituitaria al aire libre.

Nadie la querría con la nariz rota.

Sería una chica normal.

Fea.

Se estremeció.

Tenía que ir al hospital, y sin embargo andaba y andaba.

Su casa estaba allí.

—Mamá, papá...

Necesitaba que le dijeran que todo iría bien, que no pasaba nada, que seguiría siendo guapa, que...

Tropezó, pero no llegó a caerse.

Quemó las últimas fuerzas para subir la pequeña cuesta y llegar a su calle.

Allí estaba la casa.

El coche de su padre aparcado fuera.

Una luz.

Apresuró el paso y se apoyó en la puerta. Llamó y esperó. Al otro lado escuchó una tos y poco más. Luego una protesta ahogada. Un gruñido. Cuando la puerta se abrió casi se cayó sobre él.

Olía mal.

A sudor y alcohol barato.

—¿Papá?

La llevó a la mesa y la sentó en una silla. Ella estaba conmocionada, pero él estaba borracho. Se miraron el uno al otro reconociéndose a duras penas.

—Papá... —volvió a decir Eva.

—¿Quién... te ha hecho eso? —preguntó Germán Romero.

Ella se llevó una mano a la mejilla.

Se tocó levemente.

—No... lo sé —notó el escozor de las lágrimas en sus maltrechos ojos, uno ya completamente cerrado.

—Dios te ha... castigado —la sentenció con un gesto.

Eso la irritó.

Quería un padre, no a Dios.

—¡No!

—Primero fue tu madre... Ahora tú —Germán Romero hablaba arrastrando las palabras—. Me matasteis... Me hundisteis la vida...

—¡No es verdad! —gimió Eva.

El estallido de furia fue inesperado.

La bofetada la derribó al suelo, silla incluida.

Y antes de que se recuperase, él ya estaba encima de ella.

—¡Puta!

—¡Papá, no!

Germán Romero la aplastó con su peso y le puso las manos en la garganta.

—¡Te marchaste!

—¡Pa… pá… Solo quie… ro…

Pudo haber luchado.

Y sin embargo dejó caer las manos a ambos lados.

No dejó de mirarle con su único ojo medio sano.

Incluso cuando empezó a perder la consciencia, siguió viéndole.

—Papá —se oyó decir a sí misma en sueños—. ¿Por qué?

Jamás llegó a escuchar la respuesta.

Ni le importó.

Después de todo, la paz era hermosa.